Tha AONGHAS PÀDRAIG CAIMB[EUL] ann an ceann a deas Uibhist a [...] sgoiltean Ghearraidh na Mòna[...] an robh Iain Crichton Mac a' C[...] a-mach Ceum le Urram ann an F[...] Dhùn Èideann. Tha na sgriobha[...] chosnadh thar nam bliadhnachan – nam measg Leabhar Bàrdachd na Bliadhna an Alba ann an 2011 airson *Aibisidh* agus Leabhar Ficsean na Bliadhna ann an 2017 airson *Memory and Straw*.

Tha coltas sam bith eadar Constabal Murdo agus Murdo sam bith eile as aithne dhan leughadair a dh'aona ghnothach, oir ged nach eil a shamhail ann, tha a leithid air feadh an àite.

The Greatest Gift, Fountain Publishing, 1992
Cairteal gu Meadhan-Latha, Acair, 1992
One Road, Fountain Publishing, 1994
Gealach an Abachaidh, Acair, 1998
Motair-baidhsagal agus Sgàthan, Acair, 2000
Lagan A' Bhàigh, Acair, 2002
An Siopsaidh agus an t-Aingeal, Acair, 2002
An Oidhche Mus Do Sheòl Sinn, Clàr, 2003
Là a' Dèanamh Sgèil Do Là, Clàr, 2004
Invisible Islands, Otago Publishing, 2006
An Taigh-Samhraidh, Clàr, 2007
Meas air Chrannaibh / Fruit on Branches, Acair, 2007
Tilleadh Dhachaigh, Clàr, 2009
Suas gu Deas, Islands Book Trust, 2009
Archie and the North Wind, Luath Press, 2010
Aibisidh, Polygon, 2011
An t-Eilean: Taking a Line for a Walk, Islands Book Trust, 2012
Fuaran Ceann an t-Saoghail, Clàr, 2012
The Girl on the Ferryboat, Luath Press, 2013
An Nighean air an Aiseag, , Luath Press, 2013
Memory and Straw, Luath Press, 2017
Stèisean, Luath Press, 2018

Constabal Murdo

AONGHAS PÀDRAIG CAIMBEUL

Luath foillsichearan earranta
Dùn Èideann
www.luath.co.uk

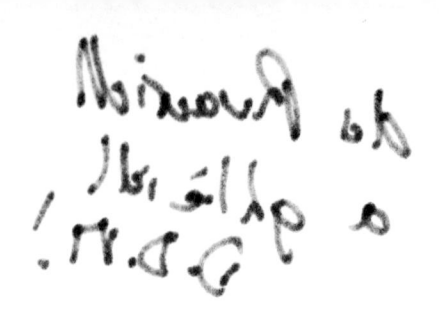

A' chiad chlò 2018

ISBN: 978-191214-749-6

Gach còir glèidhte. Tha còraichean an sgrìobhaiche mar ùghdar
fo Achd Chòraichean, Dealbhachaidh agus Stèidh 1988 dearbhte.
Chuidich Comhairle nan Leabhraichean am foillsichear
le cosgaisean an leabhair seo.

Chaidh am pàipear a tha air a chleachdadh
anns an leabhar seo a dhèanamh
ann an dòighean coibhneil dhan àrainneachd,
a-mach à coilltean ath-nuadhachail.

Air a chlò-bhualadh 's air a cheangal le
Bell & Bain Earr., Glaschu.

Air a chur ann an clò Sabon 11 le Main Point Books, Dùn Èideann.

© Aonghas Pàdraig Caimbeul 2018

Clàr-innse

1	A' Bhràiste Òir	9
2	Dolina	15
3	Mìcheal Iain	25
4	Dr Lucy	34
5	Sergio	40
6	Pavel	48
7	Iona Scott	55
8	Ailig an Insurance	65
9	Fake News	73
10	Na DIs	82
11	Alasdair is Sandra	88
12	An Tionndadh	93
13	Fàgail Bharraigh	106
14	Aisling	110
15	Aithreachas	118
16	Èisteachd	126

17	Don Quixote	134
18	An Ataireachd Bhuan	141
19	Fuasgladh	146
20	An Duais	158

Do mhuinntir Bharraigh,
bhon tàinig mo sheanmhair

CAIBIDEIL I

A' Bhràiste Òir

CHAN EIL FHIOS aig duine cuin a thàinig a' bhràiste òir a Bharraigh, ach tha fhios aig a h-uile duine a-nis gu bheil i air a dhol às an t-sealladh.

Tha cuid ag ràdh gur iad na Spàinntich a dh'fhàg i nuair a theich bloigh dhen *Armada* gu tuath, ach tha cuid eile ag ràdh gu bheil i nas sine buileach 's gum b' e Erik Ruadh an Lochlannach a thilg i às a dhèidh, ged a tha na sgoilearan ag ràdh gur e tìodhlac-rèite a bh' ann o Mhac 'ic Ailein gu MacNìll an turas a bha e a' bagart teine a chur ri Uibhist.

Co-dhiù no cò aca, tha a' bhràiste òir air a bhith an sin ann an Caisteal Chiosamuil o chuimhne Sheasag Raghnaill. Agus an rud air nach eil cuimhn' aig Seasag, cha do thachair e, 's cha robh e a-riamh ann.

Ach tha an saoghal air a dhol bhuaithe. An àite cluinntinn mun naidheachd le crann-tàra no le birlinn Chlann Raghnaill a' nochdadh taobh Mhiùghalaidh leis an naidheachd (loma-làn de stiùir-òir is sìoda na Gailmhinn) chuala iad mu dheidhinn air Aithris na Maidne. Tha lòn air gach slighe.

Stobte an sin eadar Hugh Dan a' bruidhinn mun iomain agus naidheachdan a' bhuill-coise, dh'inns Seumas gun robh 'Bràiste Òir ainmeil MhicNìll Bharraigh, a tha air a bhith taisgte ann an Caisteal Chiosamuil on t-siathamh linn deug air a dhol à sealladh. Tha amharas aig na poilis gun deach a goid, agus tha iad ag iarraidh air neach sam bith aig a bheil fios sam bith mun ghnothach brath a chur thuca.'

'Nì a h-uile cearc gog-ai,' thuirt Raghnall Eachann aig an taigh 's e dèanamh brùchd às dèidh a bhrochain. Tana no tiugh, fhad 's a bha e teth bha e na thoileachas dha.

Bha seachdnar cheana fo amharas aig na poilis. Bha daoine air am faicinn a' tighinn 's a' falbh. Dolina, a bhiodh a' sgùradh agus a' glanadh a' chaisteil. Mìcheal Iain, a bhiodh a' giùlan luchd-turais a-null 's a-nall on chaisteal ann an sgoth bheag gach latha. Dr Lucy, a bha a' rannsachadh pàipearan Chlann Nèill. Sergio, an tramp Spàinnteach a bha air a bhith a' dol timcheall nan eileanan le baidhsagal o chionn bliadhna no dhà. Bha e a' campadh an-dràsta ann a' Bhatarsaigh. Innseanach, Pavel, a bha air a bhith 'g obair greis air bàt'-iasgaich. Agus Iona Scott a bhiodh a' stiuireadh nan cuairtean-fiosrachaidh timcheall Bharraigh. Bhiodh ise tric a' toirt bhuidhnean dhan chaisteal. O, agus Ailig. Ailig an Insurance, a bhiodh a' dol timcheall nan eileanan le motair-baidhsagal. Ach b' e outside bet a bha sin. Duine cho dìreach onarach ri ìomhaigh Moire Mhàthair fhèin air Hèabhal. O, agus bha fear eile ann. Hearach a bhiodh a' dol timcheall na Gàidhealtachd na chleòca fhada dhonn is e cas-rùisgte.

'Am Manach' a thug iad air, ach bha esan cho buileach neoichiontach ri uan an earraich. Nam faiceadh e iteag air an tràigh shiùbhladh e an saoghal gus an toireadh e an iteag air ais dhan eun bhochd a chaill i.

Bha an liosta aig Murdo. Sherlock Bhàgh a' Chaisteil. Murdo Mhurchaidh 'ic Mhurchaidh Bhig, a bhuineadh dhan Bhac o thùs. Mac Mhurchaidh 'ic Mhurchaidh Bhig, a bha air a bhith na chonstabal e fhèin anns a' Mhetropolitan Police. 'Aidh aidh' a bh' ac' air.

'O, 's iomadh crime a sholvaig mise,' chanadh e. 'Eadar na Crown Jewels a shàbhaladh turas, agus faighinn a-mach cò a bh' ann an Jack the Ripper. Ach chan inns mi dhutsa bhròinein, o chan inns.'

Agus chromadh e a-steach faisg ort.

'Top Secret, a bhalaich. Top secret. Aidh aidh.'

Bha e na bhodach an uair sin, Murchadh Beag. Ach bha Murdo uabhasach dèidheil air, agus bhiodh e tadhal air taigh a sheanar cho tric 's a b' urrainn dha. Bothan beag a bh' aige. Bothan beag ri taobh nan creag, ma thogras tu. Thall an sgìre Ùige, ann an saoghal Mhic an t-Srònaich.

'Criminal?' chanadh Murchadh Beag. 'Chan e na. Ach victim. Fear air an do rinnear eucoir dhe gach seòrsa. B' e na criminals an fheadhainn a chroch e. Mar a ghlèidh esan beanntan Ùige agus a ghlèidh beanntan Ùige esan, glèidh thus' an Cruthaighear agus gleidhidh an Cruthaighear thusa.'

Thug Murchadh Beag buaidh mhòr air Murdo. Bhiodh e a' dèanamh lit gach feasgar airson a dhinneir, agus bhiodh e ag ithe spaghetti bolognaise 'son a bhracaist. A dh'aindeoin 's gun robh cailleach eile ann a ghlèidh a suipear airson a bracaist, ach shiubhail i tron oidhche.

'An gabh thu truinnsear *bollock knees?*' dh'fhaighnicheadh e do Mhurdo.

Agus 's e ghabhadh. Bobhla mòr cruinn dheth, air a chòmhdachadh le Sabhs Tomàto.

Is shuidheadh an dithis aca an uair sin ri taobh an stòbha, agus thòisicheadh Murchadh Beag le na yarns. An turas a bha e na phoileasman – 'Air special duties 'ille,' chanadh e, 'aig a' Chup Final aig Wembley.'

'Arsenal an aghaidh Liverpool a bhròinein. Ceud mìle duine an làthair. 2–0 'son Arsenal. Swindin Scott and Barnes. Forbes Compton and Mercer. Cox Logie Goring Lewis agus Compton. Denis Compton a bha sin. Aig outside-left. Bha e math air criogaid cuideachd. Bràthair an fhir eile a bha a' cluich aig centre-half. Leslie. Leslie Compton. Sin an sgioba. Swindin Scott and Barnes. Forbes Compton and Mercer. Cox Logie Goring Lewis agus Denis Compton. Sgòr Lewis na dhà. Reg Lewis. Balach gasta. Bha an Rìgh an làthair. King George the Sixth. Sin an teoba a bh' agams' an latha ud 'ille. Cumail geàrd air an Rìgh. The King's Guard!'

Thrèan a sheanair Murdo a bhith na dhetective. Nuair a bha e beag bìodach chuireadh e rudan air falach, 's dh'fheumadh Murdo an lorg. Suiteis is pìosan clòimhe is a' bhonaid bhoban aige, agus aon turas an rud bu phrìseile a bh' aige – am pocket-watch òir a fhuair e an latha a retire e bhon Phoileas. Thug e ùine mhòr do Mhurdo a lorg, le sheanair na sheasamh aig an doras ag èigheach 'Fuar! Fuar!' is 'Teth!' gus mu dheireadh thall fhuair e an t-uaireadair falaichte fo fhàd anns a' chruaich-mhònach.

'Cuimhnich an-còmhnaidh,' thuirt a sheanair ris, 'gu bheil an rud a tha thu lorg a cheart cho buailteach a bhith na laighe fo do shròin, seach fad' air falbh.'

Rud nach do dhìochuimhnich Murdo a-riamh.

'Agus cuideachd,' thuirt a sheanair ris, 'cuimhnich gu bheil daoine meallta. Gu bheil e nas nàdarra do chuid a' bhreug innse na an fhìrinn, oir chan eil tomhas aca gu bheil diofar sam bith eadar na dhà. Bi teagmhach mu gach duine a dh'aindeoin fianais. Is fheàrr an saoghal ionnsachadh na sheachnadh, Murdo.'

Agus nach b' e a dh'ionnsaich sin na chuid obrach. An toiseach na chadet an Inbhir Nis agus an uair sin na phoileas òg an Inbhir Ùige far an toireadh cuid a chreidsinn ort gum b' e sgadan an rionnach. Ach bha e òg is aineolach an uair sin, 's dhèanadh e fhèin fhathast deagh ghàire mu na sgiorraidhean a chuir iomrall e shuas am measg nan Catach.

Turas thàinig buidheann de dh'fhir a-steach a dh'innse dha gun deach eathar a ghoid on chidhe, 's bha e cho gòrach 's gun do ruith e còmhla riutha sìos chun na laimrig, far an do leum e air sgoth còmhla ri dithis dhiubh a thuirt gum faca iad an duine a ghoid an t-eathar a' dèanamh air Arcaibh. Bha e a' seòladh an fhaoineis sin dà uair a thìde, fhad 's a ghoid na fir a dh'fhàg e air a' chidhe a h-uile rud a bhuineadh dha shuas anns an oifis. Ach cha robh fianais aige ach gun robh e falamh. Dh'fheumadh duine sùilean an cùl a' chinn, mar a thuirt a sheanair ris o chionn fhada.

'Amhairc romhad mun toir thu do leum,' chanadh e ris. 'Agus na trèig cinnt 'son dòchas.'

Ach bha an liosta seo gu math earbsach. Oir bha Murdo air ionnsachadh gun leum a-steach do rud mar chat gu poit èisg. Bu chòir dhut a bhith faiceallach. Cùramach, slaodach, mionaideach. Do bheul a chumail dùinte 's do shùilean 's do chluasan a chumail fosgailte.

'Methodical,' mar a bhiodh Sàirdseant Morrison ag ràdh ris fad na h-ùine sa Ghearastan.

'Slow and steady, a bhalaich. Mar each a' treabhadh. Chan e an ro-chabhag as fheàrr.'

Seonaidh Morrison à Port nan Long. Seonaidh bochd a mhill e fhèin leis an deoch.

'Cha sheas poca falamh leis fhèin, a bhalaich,' chanadh e nuair a bhiodh iad a' togail fianais. 'Cha sheas, Murdo. Cha sheas. Tha barrachd air aon slighe dhan mhòintich. Tha, bhalaich. Tha.'

Agus bha Murdo – Constable MacDonald – air ùine a thoirt mus do rinn e an liosta. Air ùine a ghabhail mus do sgaoil e an naidheachd. Oir bha mìos cheana air a dhol seachad on a chaidh a' bhràiste òir à sealladh. Ach bha e air sin a chumail dìomhair, gus an do thog e fianais. Beag air bheag, mean air mhean. Bloigh naidheachd an siud 's sealladh an seo; tuairmse thall 's fathann a-bhos; rudeigin a chuala Fearchar sa Bhàgh a Tuath agus rudeigin a chunnaic Sìneag am Brèibhig. Chuir Murdo dhà is dhà an ceann a chèile agus rinn e ceithir a cheart cho cinnteach 's a dhèanadh coirce is bainne an lit. Oir tha liut ann a bhith dèanamh deagh lit mar a chanadh Seasag an Tàilleir.

CAIBIDEIL 2

Dolina

DOLINA A MHOTHAICH an toiseach, a rèir na sgeòil. Bhiodh Mìcheal Iain ga toirt a-null dhan chaisteal an ciaradh an fheasgair 'son sgùradh is glanadh. Dh'fhàgadh e an sin i 'son uair a thìde, 's an uair sin rachadh e air ais air a son.

Bha a cleachdaidhean is a fabhtasan fhèin aig Dolina, mar a tha againn uile. Bha i cianail dèidheil air na ciogaireats, agus ged a bhiodh daoine ag obair oirre sgur dhiubh, cha robh i a' toirt èisteachd sam bith dhaibh.

'Dè eile th' agam ach na ciogaireats,' chanadh i. 'Chan e gu bheil mi 'g òl, mar leth nan daoin' an seo. Fàg rudeigin agam. Pleasure air choreigin, mar a chanadh Ella Fitzgerald.'

Bha i uabhasach dèidheil air an t-seinn aig Ella. A-riamh bhon a chual' i an toiseach i air an rèidio. 'My kinda love', sheinn i, anns an dòigh iongantach shlaodach ud, cho aocoltach ri pop. Cho coltach ri na h-òrain Ghàidhlig – 'O mheall thu, mheall thu, mheall thu mi' far an robh gach facal a' cunntais agus a' leantainn gu nàdarra bhon fhacal a bha roimhe.

Duine neònach bh' ann am Mìcheal Iain. Cho prìseil mu rudan. Pernickity. Dh'fheumadh a h-uile sìon a bhith 'just so' mar a chanadh e fhèin.

'Well, nach i tha fliuch an-diugh,' chanadh tu ris.

'Just so,' chanadh esan.

Agus bha a h-uile rud air an sgoth bhig aige just so. Air a peantadh gu grinn sgiobalta – gorm is geal – mar gum b' e ealain a bh' innte 's nach b' e eathar. A h-uile ròpa paisgte gu sgiobalta agus àite grinn shìos an staidhre far am faigheadh an luchd-turais fasgadh. Nuair a bhiodh rud a dhìth air Mìcheal Iain, gheibheadh e fhèin e.

Cha robh cead aig duine fo nèamh no air thalamh sìon ithe no òl air bòrd na sgothaidh. Agus gu seachd cinnteach cha robh cead aig duine sam bith smoc a ghabhail. Ged a bhiodh na bodaich a' tarraing às gun sgur agus a' sìor chur na chuimhne nach robh maraiche ceart a-riamh gun phìob a' ceòthadh às a bheul. Dh'èisteadh e riutha agus chanadh e,

'*Just so.*'

Oir bha fhios aig Mìcheal Iain gun robh a h-uile duine na mharaiche taobh an teine air latha ciùin. An fheadhainn nach fhaca riamh a' mhuir ud deas air Cape Horn.

'Tuig thusa an t-eathar agus tuigidh an t-eathar thu,' chanadh e.

Cha robh a' chuairt bheag gach feasgar a-mach gu Caisteal Chiosamuil cho fada 's gun cuireadh sìon dhe sin dragh air Dolina. Oir b' e lasadh suas a' chiad rud a dhèanadh i co-dhiù nuair a ruighneadh i a' chreag.

Nuair a bhiodh i tioram sheasadh i an sin a-muigh na còta le ceò mar Marlene Dietrich. Nuair a bhiodh i a' sileadh le rag gaoithe (mar bu dual) rachadh i a-staigh agus ghabhadh i an toit fo sgàil nan creag.

Dhèanadh i tomhas air obair na h-oidhche. Cha robh mòran tomhas ri dhèanamh a dh'innse na fìrinn. Dìreach sgùradh le bruis chruaidh agus sguabadh le bruis bhog agus suathadh an siud 's an seo le clobhd. Ann an dòigh. Ach air an làimh eile b' e obair choisrichte a bh' ann, mar gach cosnadh eile. Obair a cheart cho naomh ri obair an t-sagairt fhèin, oir bha aice ri rudan a ghlanadh cho math 's a b' urrainn dhi. Oir bha salchar a' giùlan fhrìdean a bheothaicheadh thinneasan, agus nach b' e dleastanas glanadair sam bith an saoghal aca a chumail fallain? B' fheàrr aon ùrlar air a nighe na dhà-dheug air an sguabadh.

Chuir i an ciogaireat air falbh, ghoil i na coireachan agus chaidh i air a glùinean a sgùradh nan clach. Ach, a Dhia, an neart a bh' aice! Uaireannan cha robh i fhèin ga chreidsinn. Bha i cearrach, agus a làmh clì le grèim teann air a' bhruis bhig, sia òirlich air adhart agus sia òirlich air ais, an uair sin sia òirlich a-null agus sia òirlich a-nall. Slat às dèidh troigh gus an robh an t-ùrlar cha mhòr a' gleansadh. Cha b' e boiseag no suathadh a chuireadh às dhan t-salchar, ach sgùradh is saothair. Ged a bha cuid de rudan cho domhainn sna clachan nach toireadh Samson fhèin ast' iad. Làrach nan tacaidean 's làrach nam brògan 's làrach nan claidheamhan 's na fala bho na crògan.

Bha a' bhràiste òir air a cumail fo ghlainne ri taobh tè dhe na h-uinneagan beaga. Am prìomh rud a bha a' tàladh luchd-turais dhan àite. Bha coltas gun robh i an sin slàn tèarainte fo ghlainne-trìplichte le clag beag dearg air an robh 'Alarm' sgrìobht' os a chionn. Ach bha làn fhios aig Dolina (agus aig cuid eile) nach robh an sin ach rud fuadan, oir bha dleastanas oirrese a thoirt a-mach bhon ghlainne gach oidhche agus a lìomhadh às ùr gus am biodh i a' gleansadh mar an latha a dh'fhàg Mac 'ic Ailein, no Lochlannach no Spàinnteach air choreigin, i às a dhèidh. Bha an seud fo àrachas leth-mhillean not. Suim nach robh ro bheag, shaoil Constabal Murdo, nuair a thòisich e a' rannsachadh chùisean.

Rinn e dà liosta an toiseach. *Suspects* air an taobh chlì dhen duilleig, agus *Motives* air an taobh eile. Smaoinich e air a h-uile pruic air an robh e eòlach san sgìre: Duncan Beag, Loudaidh, Iain Mòr, an dithis bhràithrean ud à Glaschu a bha a' fuireach ann an carabhan – Tommy is Seòras – Tom and Jerry mar a bh' aig a h-uile duine orra – agus thug e ùine gus an do chuimhnich e nach b' e iasg beag a shluig Ionah, ach iasg mòr. An tidsear san sgoil Shàbaid a' bruidhinn mu mhuc-mhara gus an tuirt Murdo, agus gun e ach seachd bliadhna a dh'aois, nach e muc-mhara bha an leabhar ag ràdh ach iasg mor. Dh'fheumadh duine bhith ceart is mionaideach, thuirt a sheanair ris. 'Diofar mòr,' thuirt John Angus ris aon latha, 'eadar an liugha agus an Leviatan'. Bha fhios aige air a seo: gum biodh na ciontaich a' falach aig bonn na mara fhad 's a bhiodh na neoichiontaich a' cluich air an tràigh. Cha robh ach mìos on a bha e air a bhith shìos an Glaschu air cùrsa trèanaidh, agus chuimhnich e an òraid a thug an t-àrd inspeactor dhaibh air an latha mu dheireadh mu dheidhinn cothromachd agus co-ionannachd.

'Not for its own sake,' thuirt e, 'but for the sake of solving crime. Let no preference or prejudice blind you to any possibility.'

Bha Murdo air sin a chuimhneachadh oir bha e air a sgrìobhadh sìos anns an notebook aige. Ceud turas, mar gun robh e air ais anns an sgoil a' dèanamh loidhnichean. Let no preference or prejudice blind you to any possibility. Chòrd na Ps ris. Oir bha e a-riamh dèidheil air bàrdachd. Pàdraig Post, Pàdraig Post, Pàdraig Post is a ghibeag bheag ghlas. Pick up a Penguin. Peter Piper picked a peck of pickled peppers. Pìobaireachd Dhòmhnaill Dhuibh Pìobaireachd Dhòmhnaill, Pìob agus bratach air faich' Inbhir Lòchaidh.

Agus nuair a bhiodh e a' cur Seonaidh Eairdsidh bho ghrèim na dibhe 'son oidhche gach dàrnacha mìos b' e sin an rud a b' fheàrr a bha a' còrdadh ris – toirt air Seonaidh Eairdsidh bochd coiseachd air loidhne gheal tarsainn na h-oifis 's e a' feuchainn ris an t-seann duan aithris – The Leith Police Dismisseth Us. The Liss Polith Dithmithus is.

Bheireadh e an uair sin muga mòr teatha do Sheonaidh Eairdsidh agus shuidheadh an dithis aca an sin greis sa chealla a' seinn còmhla. Oir chan eil mathanas fo ghlais.

An àm bhith fàgail Ghlaschu,
air madainn mhoich Dimàirt,

*'s mo chridhe sgìth fo leòn a' stiùireadh cùrs'
don Àird an Iar a' triall do Mhontreàl.*

'Rudeigin mar sin co-dhiù,' chanadh Seonaidh Eàirdsidh, às dèidh a dhol iomrall a-rithist.

'Siuthad, a Mhurchaidh, gabh fhèin fear ceart,' 's bheireadh Murdo rafàlaidh air 'O Nach Àghmhòr' gus an tuiteadh Seonaidh Eairdsidh na chadal air a' bheinge. 'S chuireadh Murdo cluasag iteagach fo cheann agus plaide chlòimhe mu thimcheall, oir bha fhios aige nach biodh aig Seonaidh Eairdsidh sa mhadainn ach ceann goirt is aithreachas. Chan eil prìs air tròcair.

Le sin, sgrìobh Murdo ainmean cuid a bhoireannaich air an liosta. Doirbh 's gun robh e, oir cha b' urrainn dha smaoineachadh air aon eucorach, beag no mòr, nam measg. Oir dè bh' ann an eucoir co-dhiù, smaoinich e? Murt. Aidh, murt gu dearbh. Ach cha robh murt air a bhith a seo o dh'fhalbh na Lochlannaich. More or less. Dìreach treallaich de rudan. Seonaidh Eairdsidh a' gabhail tè mhòr an-dràst 's a-rithist 's a' dèanamh peasan dheth fhèin. Daoine falbh aig 50 le càr nuair a bu chòir dhaibh falbh aig 30. Agus daonnan deagh adhbhar aca – dol dhan ospadal le cuideigin a bha tinn, no ruith 'son na h-aiseig mu dheireadh, no siubhal a dh'fhaighinn Granaidh a bha air turn a ghabhail.

Chan e gun robh e bored, ach cha robh mòran ri dhèanamh, agus bha fhios aige deamhnaidh math gun robh na h-urracha mòra air tìr-mòr a' bruidhinn air an stèisean-poileis aige a dhùnadh aon uair 's gu leigeadh e dheth a dhreuchd. Rud nach biodh ro fhada. Dè bh' ann a-nis? Thug e sùil air an leabhar-latha. Beagan mhìosan. Hud, cha robh dragh acasan a-muigh an sin air tìr-mòr. Iad fhathast dhen bheachd gun robh an t-àite mar ann a' *Whisky Galore* 's gun fheum air oifigear sam bith. Nach beag a dh'fhios a bh' aca. An obair mhòr a bha esan a' dèanamh. Gu dìomhair falaichte, cha mhòr.

O, bha fhios aige gun robh e gu math seann-fhasanta na dhòigh, ach cha robh sin a' ciallachadh gun robh shaothair gun fheum. Dè b' fheàrr dhan choimhearsnachd na bhith faicinn Constable MacDonald – Murdo Beag – a' coiseachd sìos an t-sràid na bhrògan tacaideach, no bhith ga fhaicinn a' falbh gu slaodach anns a' chàr gheal timcheall an eilein, sùil an siud is sùil an seo. Cha dèan brògan tioram iasgach. Cha dèan, a bhròinein. Dh'fhàgadh e daonnan fàilt' às a dhèidh.

A' faicinn 's ag èisteachd 's a' meòrachadh. A' toirt cofhurtachd dhaibh le a làthaireachd. A' neartachadh seann daoine nan dachaighean fhèin nuair a chitheadh iad e a' dràibheadh seachad, a' toirt air na bleigeardan òga a bhith beagan nas fhaiceallaiche, a' cumail dhaoine bho bhith dràibheadh dhachaigh on taigh-sheinnse nuair a bha e timcheall. A' tighinn leis an droch naidheachd le faiceall agus cùram. A' sàbhaladh dhaoine dìreach le bhith air an eilean.

'S cò dhèanadh sin nuair a dh'fhalbhadh e, 's nuair a dhùineadh an oifis? An robh iad a' smaointinn gun dèanadh iad sin le remote-control no rudeigin, à Baile Mhanaich, no Steòrnabhagh, no Inbhir Nis no

Glaschu. Rinn e gàire ris fhèin. Huh! Nach robh bleigeard òg an sin aig a' chùrsa-trèanaidh mu dheireadh a' spùtadh às gun dèanadh Drones agus Robots an obair a bha iadsan a' dèanamh an-dràsta? E na sheasamh an sin le Flow Chart agus Power Point Presentation a' dearbhadh mar a dh'fhaodadh aon Drone stèidhichte ann an Steòrnabhagh na h-Eileanan Siar gu lèir a chòmhdachadh. 'Just an extension of CCTV,' thuirt e, mar nach robh uisge no gaoth no droch shìde no eile nochdadh san àite. 'You press here,' ars esan, 'and Lewis is covered. Then another flick of the dial and everyone in Harris under complete surveillance. All the way down to Barra Head. Bet the Hanoverians wished they had this technology when looking for yon Bonny Prince, eh gentlemen?'

'What about when there's a gale-force wind – a Force Ten,' dh'fhaighnich Murdo dha aig àm nan ceist. 'Will this Drone of yours work then?'

'If it works in Basra it'll work in Barra,' ars esan.

Ma-thà, tha mi 'n dùil, shaoil Murdo.

Ach dh'obraich e gu faiceallach tron dà liosta – Suspects agus Motives – gus an do lùghdaich e sìos e chun an t-seachdnar a chaidh ainmeachadh aig an toiseach. Le ceist mhòr air cùlaibh Ailig an Insurance. Mar seo: Ailig???

Agus na h-adhbharan? Well, a bhalaich ort. Seo mar a bha an liost aige:

SUSPECT	MOTIVE
Dolina	Miann
Mìcheal Iain	Dìomhaireachd

Dr Lucy   Dìoghaltas
Sergio   Ceartas
Pavel   Bochdainn
Iona S   Cothrom
Ailig???   Àrachas

'Tha cheò fhèin às gach fàd,' mar a chanadh an Siorram MacPhàrlain nuair a ghabhadh e smùid bheag anns a' Chounty. Cha robh Murdo airson cus a leigeil air air eagal 's gun tuiteadh am pàipear ann an làmhan shrainnsearan air choreigin. Bha fhios aige fhèin dè bha na faclan a' ciallachadh agus bha sin gu leòr.

'Always keep your cards close to your chest,' mar a chanadh Inspeactar MacRath an-còmhnaidh. 'Chan eil abhainn ann air nach fhaighear ceann. Tha ceann air gach rud, ach a dhà air gach maraig,' mar a chanadh Alasdair Mòr. Agus bha choltas air.

Ged nach robh miann sam bith air Dolina, agus i an sin air a glùinean a' sgùradh nan clach. Air ais 's air adhart, a-null 's a-nall. Agus a-nis a' fosgladh na glainne gus faighinn chun na bràiste òire 'son a glanadh. Bha coltas air a' bhogsa-glainne gun robh e glaiste teann, ach cha robh agad ach a thogail agus bonn a' bhogsa a shlaodadh agus bha e fosgladh.

Cha robh feum air sìon air a shon ach uisge siabannach le beagan min-sòda agus clobhd. Oir 's e meatailt bog a th' ann an òr. Millidh tu e le bhith dèineachdach. Mar as luachmhoire rud 's ann as ciùine a dh'fheumas tu bhith ris.

Bha fear ann. Uair dhen t-saoghal, ged nach robh e cho fada sin air ais, a dh'aindeoin gach oidhirp a rinn i astar a chur eatarra. Douglas. Dùghlas. Dougie. Doug the dog. Am buamastair esan. Bufailear gun tùr.

Shuath i a' bhràiste òir gu socair ciùin. Chitheadh i a faileas fhèin a' deàrrsadh sa mheatailt. Leth-mhillean not de luach, bha iad ag ràdh. Sin a chual' i co-dhiù. Sheinn i *Ella* a-rithist fhad 's a bha i a' lìomhadh. Uair gun robh pòg, am pòg a-mach à òr, òr a-mach à gaol, an gaol a bha mar òr.

'S chual' i an t-einnsean aig Mìcheal Iain a' tighinn agus sgioblaich i a gnothaichean suas 'son latha eile.

CAIBIDEIL 3

Mìcheal Iain

MICKY A BH' AC' AIR. Ged a b' fheàrr leis-san an rud slàn. Mìcheal Iain. Mìcheal às dèidh bràthair athar, a chaidh a bhàthadh anns a' Phanama Canal, agus Iain às dèidh a sheanar taobh a mhàthar. Iain Mòr an Tàilleir a bha beò gus an robh e còrr is ceud. 102 gu bhith exact. Bhàsaich e air an tràigh mhaorach Didòmhnaich na Càisge 's e fhathast a' togail nan srùban.

Am fasan a bha seo an saoghal a lùghdachadh. Joe air Eòsaph is Cat air Catrìona, mar gum b' e peataichean a bh' annta. Cait. At least bha ainmean ceart air na coin. Dìleas is Rover is Glen. Agus Samaidh aige fhèin, a bha cho math air na caoraich ri cù sam bith eile an Alba. 'Suidh,' is shuidheadh e. 'Timcheall,' 's rachadh e mun cuairt orra. 'Geàrr,' is roinneadh e an treubh nan dà leth.

Bha e air a bhith air falbh grunn bhliadhnachan, ach cha do chòrd e ris. Dh'fheuch e faighinn dhan nèibhidh, ach gu mì-fhortanach bha e dall-dhathach. A' faicinn buidhe far an robh liath agus uaine far an robh gorm. Ged a bha fhios aige glè mhath air an diofar eatarra. A' mhuir uaine-ghorm airgeadach a bha air a bhith ga chuartachadh gach latha on a rugadh e. An sealladh lainnireach air latha earraich agus i na goil air latha fiadhaich geamhraidh.

Bha e cho eòlach air a' mhuir ri duine sam bith sna h-eileanan. Dh'aithnicheadh e fairge air aon shealladh: na copagan beaga geala fad' air fàire a bha a' comharrachadh Force 6, agus an sluaisreadh socair a bha a' gealltainn làithean ciùin.

Cha robh sìon gun dùil a' tighinn taobh na mara, 's bhiodh e a' cur iongnadh air Mìcheal Iain nuair a chluinneadh e sgeulachdan mu dheidhinn daoine a chaidh a ghlacadh ann an droch shìde, mar nach robh rabhaidhean sam bith air tighinn an rathad. Mar nach robh na sgòthan air a bhith dorcha, no fead às an iar-thuath, no fadag chruaidh ri fhaicinn sa mhadainn. No fiù 's a' forecast air an rèidio 's air an telebhisean – nach robh na daoine sin a' gabhail comhairle sam bith?

Fhuair e obair ann am factaraidh. Bhiodh iad a' pacadh uighean 'son nam mòr-bhùithtean. Iongantach mar a bha an saoghal sin ag obrachadh. Cha b' e dhà no thrì chearcan a' ruith mu cheann an taighe, mar aig Bellag Ruadh, ach tuathanasan o air feadh na Roinn Eòrpa a bha fo chùmhnant na mìltean uighean a thaomadh asta gach latha. Chan e gum faca Mìcheal Iain a-riamh gin dhe na tuathanasan mòra sin. Bhiodh esan dìreach a' coinneachadh ris na làraidhean mòra a bhiodh a' tighinn leis na h-uighean chun an ionaid a bh' aca deas air Glaschu.

B' e an obair a bh' aigesan agus aig an fheadhainn

eile na h-uighean sin an uair sin a thoirt a-steach dhan bhàthaich mhòir aig cùl an ionaid, agus an sìneadh a-mach gu faiceallach an sin mar gun robh iad air an ùr-bhreith leis na cearcan a bha a' ruith timcheall na bàthcha. Air eagal 's gun nochdadh inspeactaran sam bith on riaghaltas a bhiodh a' dèanamh cinnteach gun robh na h-uighean uile free-range mar a bhiodh na bogsaichean ag ràdh. A cheart cho math dhut sansasachadh gur e ugh a rug sioraf a bh' agad sa bhogsa!

Rinn e bliadhna san fhactaraidh agus an uair sin ghluais e na b' fhaide gu deas. Gu Manchester. Antaidh aige fuireach an sin. An duin' aice reic chàraichean, 's fhuair esan apprenticeship dha ann an garaids. Garaids bheag air taobh tuath a' bhaile. Bha e air a dhòigh glan, oir b' e àite agus gnìomhachas rianail a bh' ann. Ainm agus àite airson gach rud.

Bodach beag às a' Chuimrigh a bha a' ruith ghnothaichean, agus cha do dhìochuimhnich Mìcheal Iain a-riamh an dòigh-teagaisg a bh' aige. Mionaideach agus faiceallach. Aon rud às dèidh rud eile, agus cha ghluaiseadh e air adhart gus an robh e cinnteach gun robh Mìcheal Iain a làn thuigsinn an rud a bha e air a ràdh no air sealltainn dha.

'Basics,' bhiodh e ag ràdh. 'Just one thing after the other. You don't learn tomorrow today, you learn today today. And then tomorrow you will again learn what you learned today before you move on to tomorrow.' Agus bhiodh e a' toirt Michael John air. B' e Owen John a bh' air fhèin. Owen John Evans. Mister Evans.

A' chiad latha a thòisich e, thug Mister Evans e a-steach dhan gharaids far an robh seann chàr beag – Austin A30 – na shuidhe. Sheas an dithis aca air beulaibh a' chàir agus thuirt Maighstir Evans, 'This is a car.'

Agus an uair sin dh'fhosgail e bonaid a' chàir agus thuirt e, 'And this is the engine.'

Bha Mìcheal Iain a' faireachdainn gun robh e air ais anns an sgoil, agus ghluais e 'son pìos pàipeir fhaighinn 'son rudan a sgrìobhadh sìos, ach chuir Maighstir Evans stad air.

'No. No no no Mìchael John. Remember it all. Just remember it all. In here.'

Agus chuir e chorrag ri cheann 's ri chridhe fhèin.

'What the head remembers, the heart retains,' thuirt e. Well, thuirt Mìcheal Iain ris fhèin, cha do rinn Dia fhèin an saoghal ann an aon latha.

Soisgeulaiche a bh' ann am Maighstir Evans, agus ged a bhiodh e a' searmonachadh corra uair anns an eaglais aige fhein – Eaglais nan Bràithrean – cha robh e a-riamh a' dèanamh oidhirp sam bith Mìcheal Iain iompachadh. Ann am briathran co-dhiù, ged a bha a dhòighean cho blàth agus tarraingeach 's gum b' e iompachadh a bha sin fhèin. 'Knowledge is a bottomless well,' thuirt e ri Mìcheal Iain. An tobar nach traogh.

Duine mionaideach, agus dh'ionnsaich Mìcheal Iain bhuaithe nach eil sìon cho prìseil ri rud ainmeachadh ceart. Cha b' e dìomhaireachd a bh' ann an rud sam bith aon uair 's gun toireadh tu ainm air 's gun tuigeadh tu dè a bh' ann agus dè an obair a bha e a' dèanamh. Ainmich rud 's tha an saoghal ann.

'Spark plug,' thuirt e ri Mìcheal Iain. 'It's job is simple. It supplies the spark that ignites the air-fuel mixture so that combustion can occur. The spark must happen at just the right moment for things to work properly. For what we want round here are bright sparks, Michael John. Not soggy wet useless matches.' Agus thug e mach Lighter à pocaid-tòine nan dungarees, agus las e ciogaireat. 'Oir dè math dhut,' arsa Mìchael Iain ris fhèin, 'mòine fhliuch a chur dhan stòbh. Chan fhaigh thu blàths no bonnach às.'

Mar sin, dh'fheumadh iad a bhith glan agus tioram. Mar lasair sam bith. Ma bha iad fliuch no làn salchair chan obraicheadh iad. Agus dh'ionnsaich Mìcheal Iain mar sin, mean air mhean. Beag air bheag. Valves – bhiodh iadsan a' fosgladh gus connadh agus èadhar a leigeil a-steach agus a-mach. Bhiodh carburretor a' measgachadh connadh is èadhar gus sradag a lasadh.

'If you don't understand the job that every little part is doing you'll never understand anything,' thuirt Maighstir Evans ris.

Bha a' gharaids mar bhaga-làimhe a mhàthar: ainm agus àite aig gach rud. Sporan is bruis is pùdar is sgàthan is siosair is botail bheaga is cairtean dhe gach seòrsa. B' e dìomhaireachd mhòr a bh' ann do Mhìcheal Iain nuair a bha e beag. Nan tuiteadh e agus nan gearradh e ghlùin, rachadh a mhàthair a sporghail anns a' bhaga, agus siud i ann an tiotan le elastoplast agus aolmann. Nam biodh e feumach air sgillinn, siud a làimh sa bhaga agus a-mach a thigeadh na buinn. Nuair a bhriseadh am peansail aige fhad 's a bha e dèanamh obair-dachaigh na sgoile, siud geuradair a' nochdadh a-mach às a' bhaga. 'Uamh an Òir' a bh' aic' air a' bhaga. Thug Mìcheal Iain 'Aladdin's Cave' air.

Bha rudan prìseil falaichte, ach nan rannsaicheadh tu, lorgadh tu iad agus thuigeadh tu iad. Fo bhonaid a' chàir bha saoghal iongantach nuadh, agus chòrd e ri Mìcheal Iain an saoghal sin ionnsachadh. Oir aon uair 's gun ainmich thu rud tha smachd agad air. Buinidh e dhut. Crankshaft – sin rud a bhiodh a' tionndadh nam pistons timcheall. An sump – a' bhunait air a bheil an crankshaft suidhichte. Aon uair 's gun tuigeadh tu cà' robh rudan agus dè bha iad a' dèanamh, bha thu ceart gu leòr.

Ach b' e chrois gun robh rudan ann nach b' urrainn dhut ainmeachadh, agus mar sin a bha mach à rian. Is beag air bheag, dh'fhalbh na seann dòighean a bha e a' tuigsinn, agus thàinig saoghal dealantach ùr. Fiù 's ann an càraichean – 's gann gum faiceadh tu carburretor a-nis, mura biodh mablach de sheann charbad aig bodach no cailleach air choreigin, no – fada na bu choltaiche – gun robh car vintage aig duin'-uasal a thigeadh air turas. Dh'fheumadh tu sgilean glan coimpiutaireachd a-nis mus dèanadh tu rud sam bith am broinn càr. Cha b' e an aon rud a bh' ann idir. Cha b' e, cha b' e. Cha b' ionann a bhith air beulaibh coimpiutair a' dèanamh diagnostics le bhith le do làmhan dubh làn ola stobte am broinn an einnsein fhèin.

Sin carson a thill e dhachaigh, far an robh an fhairge fliuch agus a' ghaoth cruaidh is làidir agus an talamh bog is pollach fo chasan. Greis mus dèanadh diagnostics stem dhe shin, fiù 's ged a bha na h-innealan sin a-nis a' gearradh na mònadh an àite nan seann thrèisgeirean. Agus cheannaich e seann eathar a bha aig fear shuas an Griomasaigh, agus rinn e suas i gu snasail. Thug e an 'Just So' oirre, agus bha e ris na giomaich, a' caitheamh nan cliabh taobh thall Bhatarsaigh far an robh an fhairge cho glan 's cho fionnar 's a bha i an latha a chruthaich Dia i.

B' e dìreach nàdar de chur-seachad (ged a bha e a' faighinn a phàigheadh air a shon) a bh' anns a' chuairt a bhiodh e a' gabhail a-null dhan chaisteal a dhà no trì thursan san t-seachdain le luchd-turais is luchd-obrach, agus gach feasgar le Dolina. Agus bha an caisteal fhèin cuideachd mar baga a mhàthar an toiseach – rud dìomhair a bhuineadh do fhear-lagh' ann an New York.

Oir ged a dh'fhàs Mìcheal Iain suas air an eilean, cha robh e a-riamh air a bhith anns a' chaisteal gus an do thill e dhachaigh à Manchester. Beag air bheag thuige cho iongantach 's a bha an t-àite. Cho luachmhor 's a bha e. Na shamhla eireachdail nuair a sheòladh tu a-steach 's a-mach, ach cuideachd na fhianais gum b' urrainn gnothaichean seasamh. A dh'aindeoin gaoth is fairge is uisge is gailleann is eachdraidh, gun seasadh a' chlach. A dh'aindeoin nan ionnsaighean o na Dòmhnallaich, 's a dh'aindeoin Lady Cathcart is gach crìonadh eile a thàinig 's a dh'fhalbh. Sheasadh rudan. Sheasadh.

Agus sgrìobh Murdo cuid dhe na rudan sin sìos. Dh'fheumadh tu adhbhar airson cuideigin a chur fo amharas. Motive. Oir a dh'aindeoin beachd dhaoine, bha Murdo Mhurchaidh 'ic Mhurchaidh Bhig na sheòrsa de shaidhceòlaiche. Chual' e am facal aon latha air Pròlgram Choinnich air Radio nan Gàidheal. Bha saidhceòlaiche a' bruidhinn gu siùbhlach air a' phròlgram – fear MacLeòid, second cousin dha fhèin taobh a mhàthar – agus dh'èist Murdo gu mionaideach ris na bh' aige ri ràdh. Agus ghabh e nota dhe na faclan. Behaviour analysis. Chòrd am fear sin ris. Agus Dark Adaptation. Chòrd sin ris gu mòr – mar a bhiodh na sùilean a' soilleireachadh mar a bu duirche dh'fhàsadh an àrainneachd timcheall ort. Bha sin cho ceart 's a ghabhas. Seall air muinntir na Hearadh.

Chuimhnich e a bhith a-muigh air feasgaran geamhraidh còmhla ri athair. Bha tractar beag glas aige, Fergie, 's rachadh iad sìos chun a' chladaich a thogail feamainn 'son na lot. 'S nuair a dh'fhàsadh i dorcha chitheadh tu an cruinne-cè gu lèir.

'Orion,' chanadh athair. 'An Sealgair Mòr. Agus siud an crios aige. Agus a bhiodag. Agus seall – *Betelgeuse*.'

Is e deàlradh orains is dearg anns an dorchadas.

'Tha an solas a' soillseachadh anns an dorchadas, agus cha do ghabh an dorchadas e,' chanadh e an uair sin. Agus sheinneadh e air an rathad dhachaigh. Salm.

Chan fhalaich uatsa dorchadas,
's co-shoilleir oidhch' is là;
'S ceart-ionnan dhuts' an duibhre dorch,
is solas glan nan tràth.

Bha Murdo ag ionndrainn nan làithean sin. Nuair a

bha h-uile rud cho sìmplidh. Dhùisgeadh e sa mhadainn 's bhiodh an stòbh cheana dol is lit air a' bhòrd. Anns an sgoil, bha e dèidheil air *Arithmetic* oir bha gnothaichean daonnan ag obrachadh a-mach ceart. Dìomhaireachd a bh' ann an àireamhan. *Puzzle*. Mar eucoir fhèin. Ach bha daonnan fuasgladh ann. Freagairt. Oir nan cuireadh tu 1234 + 5678 gheibheadh tu 6912. Agus bha dòigh cho sgiobalta brèagha sin a chur sìos. Mar seo. 1234 + 5678 = 6912. Chan fheumadh tu faclan idir, nuair a thigeadh e gu aon 's gu dhà. No gu 1 's gu 2 thuirt e ris fhèin le gàire. Oir dh'fhaodadh tu còd a dhèanamh dhen h-uile rud, mar anns na comaigs. A=1, B=2, C=3 agus mar sin air adhart, agus le sin thòisich e a' cur ainmean dhaoine sìos mar àireamham agus chan ann mar litrichean. Oir 's fheàrr tomhas na tuairmse.

M=13. U=21. R=18. D=4. O=15. Mar sin b' e àireamh-san 71. Ach nan cleachdadh e a làn thiotail, Constable Murdo MacDonald, bhiodh an àireamh fada na bu mhotha. 229. Gun ghuth a ràdh air Murdo beag Mhurchaidh 'ic Mhurchaidh bhig. 310. Dh'fheumadh e a dhol air ais tòrr ghinealachan 'son faighinn dha na mìltean, agus gu mì-fhortanach cha robh an sloinneadh aige cho fad air ais sin. Dìreach gu shinn shinn sheanair, Ruairidh. Murdo beag Mhurchaidh 'ic Mhurchaidh bhig 'ic Alasdair Ruairidh. 475.

Le sin, sgrìobh e an t-ainm aig Mìcheal Iain mar àireamh 84. Agus ghlas e an liosta sgrìobhte anns an *Safe*, agus chuir e an t-àireamh 84 mar *Motive*.

CAIBIDEIL 4

Dr Lucy

BOIREANNACH BEAG SEANG a bh' ann an Lucy. Dr Lucy à Quebec.

Chan e dotair ceart a th' innte, chanadh Murdo ris fhèin gach turas a chitheadh e i, 's e th' innte ach tè dhe na dotairean sin eile. Tha cheart uimhir fiosrachaidh agam fhìn mu dheidhinn ceann goirt no cas bhriste 's a th' aicese.

Agus bha e ceart.

Bha i air am PhD fhaighinn o Harvard. Sheall i an certificate dha an latha a thàinig i dhan eilean. Thàinig i air a' bhàta taobh an Òbain air baidhsagal, agus gu mì-fhortanach bha tubaist bheag aice air an rathad dhan Bhàgh a Tuath. Bhuail i ann am bò air an rathad (am mart mu dheireadh a bha air fhàgail aig Raghnall Iain) agus chaidh gairm air Murdo tighinn a-mach on a bha i caran tuainealach. Dh'fhaighnich Murdo an robh ID sam bith aice, air eagal 's gum feumadh e an tubaist a chlàradh gu h-oifigeil mar *incident*. B' e an teisteanas an aon rud oifigeil a bh' aice na màileid.

Pìos pàipeir snog a bh' ann ag radh: *The President*

and Fellows of Harvard College acting on the recommendation of the Faculty of Education and with the consent of the Honorable and Reverend the Board of Overseers have conferred on LUCY MACNEIL CAMPBELL the degree of Doctor of Education. (Bha comas cuimhne sònraichte aig Murdo. Cha robh aige ach sùil a thoirt air rud aon turas agus bha e aige.)

'Àlainn. Dìreach àlainn,' thuirt Murdo rithe, agus rùraich e san dràthair anns a' chàr aige fhèin far an d' fhuair e am Passing Out Certificate aige fhèin.

'Nas fheàrr na seo tha mi cinnteach,' thuirt e, a' sìneadh seachad an teisteanais a fhuair e fhèin nuair a cheumnaich e à Tulliallan bliadhnachan mòr air ais. *This is to certify that Murdoch MacKenzie MacDonald has passed the course and is now a Cadet Member of Her Majesty's Constabulary.*

'Meala-do-naidheachd,' thuirt i ris, ann an Gàidhlig.

Bha a cuideachd taobh a màthar às a Ghearmailt agus à Alba taobh a h-athar. Caimbeulaich Cheann Loch Chille Chiarain agus Clann Nèill Cholbhasaigh. Chaidh a togail le Gearmailtis, Fraingis agus Beurla agus aon uair 's gun do thuig i (na deugaire) gun robh cànan eile ceangailte ri sinnsearachd, thog i sin cuideachd. Bha i caran coltach ri Murdo fhèin a thaobh claisneachd: cha robh aice ach facal a chluinntinn aon turas agus bha e aice. Cha robh e cho doirbh sin greimeachadh gur e tabelle table, table bòrd.

Rinn i cànain aig McGill's, ach fhad 's a bha i sin ghabh i ùidh mhòr cuideachd ann an eachdraidh, agus gu seachd àraid eachdraidh Chlann Nèill Alba.

Cho mì-chothromach 's a bha e gun robh Clann Nèill Bharraigh a-nis a' faighinn barrachd aire na Clann Nèill Ghiogha 's Earra-Ghàidheal. B' iadsan a bh' ann o thùs, nan caisteal ceart eireachdail air Loch Suibhne. Cha chuireadh e iongnadh oirre dearbhadh gun deach a' bhràiste òir a ghoid an toiseach o Chaisteal Shuibhne.

Bha i air a bhith am Barraigh a-nis grunn bhliadhnachan. Thog i taigh talmhainn dhi fhèin an ceann a tuath an eilein. Air a bhlàthachadh le teas nan sgrathan 's na grèine, 's e uile fon ùir le uinneag mhòr a' coimhead a-null gu Fùideigh. Caochlaideach 's gun robh seirbheis an eadar-lìn bha e feumail agus riatanach dhi. An àite a bhith a' siubhal air ais 's air adhart gu Dùn Èideann 'son pàipearan teaghlaich a' chinnidh a rannsachadh san ionad-nàiseanta, rachadh aice sin a dhèanamh bhon t-sìthean bheag aice fhèin.

Agus mar bu mhotha a leughadh i, 's ann bu mhotha a dh'aithnich i gur e dìreach sgeulachd a bh' anns a h-uile rud. Cuid ag ràdh gur e Niall Noigiallach tùs is èis gnothaich, is cuid eile ag ràdh Giolla Adhamhnain is cuid eile Onund na Coise-fiodha. Romulus is Remus is Brus is Ualas no Hansel is Gretel. Abair sliochd a bh' aig na daoine sin, ge brith dè an taobh a thigeadh tu thuige.

Bhiodh Murdo ga faicinn an-dràsta 's-a rithist, ged nach robh mòran gnothaich aige rithe. Bha i cumail aice fhèin, agus a bharrachd air a' chiad latha ud leis a' bhaidhsagal 's gann gun do bhruidhinn e rithe. Cha robh adhbhar aige. Boireannach neònach, ach fhad 's nach robh i a' dèanamh cron oirre fhèin no air duin' eile, cha robh adhbhar aig Murdo a dhol faisg oirre. 'Cha mhair iongnadh ach feasgar ann an Steòrnabhagh,' mar a chanadh a sheanmhair.

O, bha e leughadh nan leabhraichean ceart gu leòr 's ag èisteachd ris an rèidio agus a' coimhead air an telebhisean agus na meadhanan-sòisealta, agus mar sin bha fhios aige glè mhath mu ghalair nan ceannarcach. Nach robh cùisean làitheil a' dearbhadh gun robh buaidh an uilc fad is farsaing? A' bualadh air an starsnaich fhèin. Ach cha b' urrainn dhut a dhol timcheall a' cur dhaoine fo amharas no fo ghrèim gun fhianais. Agus dè an fhianais a bh' aige mu dhuine sam bith? Cha robh hee-haw. 'S cha robh càil dhe leithid a' tachairt an seo co-dhiù, ach gnothaichean beaga. Dràibheadh fo bhuaidh na dibhe. Falbh le càr gun laidhseans. A' reic parafain gun chead. Linn nan con fiù 's on a ghoid duine rud sam bith a b' fhiach. Chan eil iongnadh gun robh iad a' bruidhinn air an nèamh seo a dhùnadh sìos. Oir gun ifrinn dè am feum a th' air nèamh?

Ach bha rudeigin mu deidhinn a bha a' cur dragh air Murdo. Chan e dìreach gum biodh i cumail aice fhèin, no gun robh i gu tur neo-eisimeil. Nach robh boireannaich Ghàidhealach a-riamh air a bhith a' bleoghann 's a' buain 's a' fighe 's ag altram 's gan cumail fhèin 's gach duin' eile beò? B' e dìreach mar a bhiodh i ag èaladh timcheall am beul na h-oidhche, gun fhios aig duine beò carson. Cha robh i 'g òl no dol gu dannsaichean no cèilidhean no eaglais no eile, agus ged nach robh sin fhèin annasach 's an latha th' ann bha e mì-chneasta. Ma bha i fuireach an seo, nach buineadh i dhan choimhearnsachd? Nach robh uallach is dleastanas oirre pàirt a ghabhail ann an gnothaichean, an àite dhi bhith beò ann an saoghal leatha fhèin? Nach fhaodadh i sin a dhèanamh an àite sam bith, eadar Hiort is Peairt?

'S bhiodh i coiseachd nan tràighean ro àm èirigh na grèine. Oir dh'fheumadh Murdo an night-shift a dhèanamh cuideachd an-dràst' 's a-rithist, agus aon uair 's gun dèanadh e cinnteach gun robh na taighean-seinnse dùinte mar bu chòir agus Seonaidh Eairdsidh air ais dhachaigh sàbhailte na leabaidh, cha robh mòran ri dhèanamh ach coimhead na gealaich, agus cuairt a ghabhail gach dàrnacha uair air eagal 's gum biodh rudeigin a-mach às an abhaist a' tachairt an àiteigin.

Cha robh, ach gum biodh ise a' cuachail timcheall san dorchadas, uaireannan le toirds ceangailte ri bathais. Agus nach àraid, smaoinich Murchadh, cho àbhaisteach agus a dh'fhàsas an rud neo-àbhaisteach. Oir às dèidh ùine, bhiodh dragh air mura faiceadh e biùgan an toirds aice shìos air an tràigh, no mura faiceadh e a faileas a' coiseachd mun chidhe am Bàgh a' Chaisteil.

Insomniac a bh' innte. Ge brith dè cho cruaidh 's a dh'obraicheadh i tron latha (agus is i rinn) chan fhaigheadh i chadal 'son ùine mhòr, agus an uair sin às dèidh dhà no thrì uairean dhùisgeadh i. Agus dè math dhi laighe an sin a' coimhead air a' bhalla no 'g èisteachd ri fuaim tiamhaidh a' chleoca, no feuchainn ri leughadh 's gun i a' gabhail facal a-steach? Cheart cho math bhith muigh ag èisteachd ri sluaisreadh na mara is fuaimean iongantach na h-oidhche agus na seallaidhean nach robh neach sam bith eile ach i fhèin, a rèir choltais, a' faicinn. Iad nan suain cadail fhad 's a bha na mìorbhailean seo dol air adhart.

Na cumaidhean a bhiodh na speuran a' dèanamh tron oidhche, leis na neòil a' sguabadh seachad aig astar, a' falach na gealaich gach dàrnacha mionaid. Agus na fuaimean nach cluinneadh tu ach an uair sin – gìosgail nan dòbhran is nan ròn, is an èigh aonranach aig na cailleachan-oidhche. Bhiodh e a' cur na cuimhne gun robh i beò.

'S bu toigh leatha am baile mòr gu sònraichte aig an àm sin. Na daoine uile nan cadal, agus an caisteal an sin gan geàrd gu socair mar shamhla air sìorraidheachd. Ged a b' e an rud bu lugha san t-sìorraidheachd – clach is obair mhic-an-duine a' seasamh daingeann fhathast anns an uisge agus san fhuachd.

'Is math am buachaille an oidhche; bheir i dhachaigh gach beathach is duine,' thuirt Murdo ris fhèin. 'Tha fhios, ge-tà, gu bheil rudeigin cèarr air an tè ud.'

Agus mar sin, nuair a chaidh a' bhràiste òir às an t-sealladh, cha robh e na iongnadh gun deach an t-ainm aicese cuideachd air an liosta. Dr Lucy MacNeil Campbell. Àireamh 204.

CAIBIDEIL 5

Sergio

SERGIO. AN TRUAGHAN esan. A' siubhal timcheall nan eileanan 's a chuid ceangailt' air baidhsagal. Deas gu tuath, is tuath gu deas gun sgur. Seachdain no dhà am Miùghalaigh 's an uair sin a-null air sgoth Mhìcheil Iain a Bhatarsaigh 's an dèidh seachdain an sin a-null a Bharraigh agus mar sin air adhart suas tro na h-eileanan gu lèir. 'Tha a' ghrian ag èirigh agus a' laighe air a h-uile eilean,' chanadh e nuair a dh'fhaighnicheadh duine sam bith carson a bha e siubhal.

Bhiodh Constabal Murdo a' faighinn fios fòn o na poilis eile anns na sgìrean.

Bhiodh iad a' fònadh càch a chèile an-dràst' 's a-rithist 'son catch-up mar a chanadh Sàirdseant MacLeod air an Tairbeart.

'Communication is everything,' thuirt an t-Inspeactar riutha an Inbhir Nis aig a' chùrsa trèanaidh mu dheireadh.

'And not just electronic communication. Good as social media is, there's nothing like meeting with one another regularly and phoning one another every other day. You then pick things up by the way. A hint here, an emphasis on a word there. Suggestions. Clues. Most crimes are prevented and solved through nuance.'

Nuance. Chòrd am facal riutha uile. Rud eadar rud. Mar a chitheadh tu cuideigin a' gluasad eadar an cidhe 's bàt'-iasgaich am meadhan na h-oidhche, no mar a chluinneadh tu guthan àrd ag èigheach eadar dà phìos ciùil cùl chùirtearan na dachaigh. Dh'fhaodadh sin a bhith na chomharra trioblaid, no na iuchair gu fuasgladh. Cluinnidh an saoghal thu far nach fhaic iad thu.

Oir dè eile bh' ann an 'Acting Suspiciously' ach modh a-mach às an àbhaist? Ged a bha Murdo Beag gleusta gu leòr gus tuigsinn gur e an àbhaist an cleòca-falaich a b' fheàrr a bh' ann.

'No thief walks about the street wearing a striped jersey with a balaclava over his head on which is written Stop! Thief!' thuirt an t-Inspeactar riutha. 'The best disguise is normality.'

Agus rinn e gàire.

'After all, our biggest bank robbers are the bankers themselves! Call yourself 'Sir' and you can get away with anything.'

Chuimhnich Murdo sin. Our biggest bank robbers are the bankers themselves. Nach robh seanfhacal ann, thuirt e ris fhèin? Set a thief to catch a thief. 'S gu leòr dhiubh ann an Gàidhlig cuideachd. Dè bhiodh a sheanair ag ràdh?

'Murdo! A Mhurchaidh Bhig, cuimhnich thusa seo – 'Is miosa am fear a chleitheas am mèirleach na 'm mèirleach fhèin.' Na cuir do chaora air teadhair làmh ri taigh a' mhèirlich, a bhalaich, oir saoilidh am mèirleach gur mèirleach a h-uile duine.

Dh'fheumadh tu bhith air d' fhaiceall. Air d' aire. Daoine cleith rudan, ach gam foillseachadh gun fhiosta le facal a-mach à àite. Chan ann mar Rahab, a fhuair a cuid de nèamh le bhith a' falach nan teachdairean a chuir Iosua a rannsachadh a-mach Iericho.

'Càil a' dol?' dh'fhaighnicheadh tu dhaibh, 's chanadh iad, 'Och, chan eil dad,' ach an uair sin aon uair 's gun cumadh tu seanchas riutha, shìoladh fiosrachadh a-mach beag air bheag, mean air mhean, mar bhoinneagan uisge.

'An cual' thu mu Fhearchar?'

'Fearchar?'

'Aidh. Esan.'

'Seadh?'

'E fhèin 's ise.'

'Iseabail?'

'Aidh. Dh'fhalbh iad air a' bhàta a-raoir.'

'An do dh'fhalbh a-nis? Well, well. Aidh aidh.'

Agus bha fhios agad gun robh na fathannan a chual' thu fìrinneach. Dearbhadh is fianais. Beag air bheag. Mean air mhean. Dè bh' ann a-rithist a thuirt Rob Donn mun chuspair sin? 'Mion air mhion an euslaint uile, 'S muin air mhuin an t-slàinte.'

Chan e gun robh sìon ceàrr air adhaltranas, a thaobh an lagha co-dhiù, ach bha clann an lùib a' ghnothaich, agus dh'fheumadh duine a bhith cùramach mun sin. B' fheàrr fios na aineolas.

Mar sin, dh'fhònadh na h-oifigearan càch a chèile

turas no dhà san t-seachdain.

'Aidh, aidh,' chanadh Sàirdseant MacLeod ann an Loch Baghasdail. 'Do charaid an seo a-rithist.'

'Sergio?'

'An dearbh dhuine. Sergio. Mar ann an Sergio Garcia.'

'S bhruidhneadh iad air goilf 'son greis, 's MacLeòid fhathast a' miannachadh gun cluicheadh Murchadh an gèam uaireigin.

'Siuthad,' chanadh e ris. 'Àisgeirnis cho breàgha cuideachd. Bhiodh tu math air a Mhurchaidh. Deagh swing agad. 'S dhèanadh e feum dhut! Nach robh thu air punnd no dhà a chur ort an turas mu dheireadh a chunnaic mi thu? Dè feum nì sin do dhuine a bhios a' ruith 's a' leum às dèidh *chriminals* Bharraigh a latha 's a dh'oidhche?'

'Ciamar a tha Triads Eòlaigearraidh co-dhiù?'

'Ma-thà, tha mi 'n dùil,' fhreagradh Murchadh. 'Cailleachan a' bhaile? Raonaid Bheag agus an dà Sheònaid a' cleith chairtean aig a' Whist 'son bucas Milk Tray? Na h-aon eucoraich tha mise faicinn 's ann air an telebhisean! *Crimewatch UK*, 'ille. Aidh aidh.'

'Dè mu dheidhinn *Question Time*?' chanadh MacLeòid. 'Nach eil barrachd de chiontaich a' spùtadh asta an sin na ann am bogsa mionnan sam bith?'

'Nist a-nist, Sàirdseant MacLeod. Cuimhnich an seann duan – No man is innocent until proven guilty!'

Agus 's iad a dhèanadh an gàire.

Cha robh cron no ciont sam bith ceangailte ri Sergio. Duin'-uasal a bh' ann. Air a thogail ann an Toledo. Mac Marquis, le dìleab mhòr roimhe a bha a-nis às a dhèidh. Chan eil fhios aca le cinnt carson a chuir e chùl ris. Ged a thuirt e ri athair aon latha 'Lorca. Leugh mi Lorca'. Mar gum b' e adhbhar a bha sin.

'Leugh 's mi fhìn,' thuirt athair.

Oir tha leughadh is leughadh ann.

Co-dhiù, bha Sergio an siud, gun ghuth air Lorca no eile na làithean seo. Cha chanadh e mòran. Duine sàmhach. 'S dòcha nach robh Beurla, no Gàidhlig, gu leòr aige 'son a bhith air a chaochladh. Thigeadh e a-steach dhan bhùth 's cheannaicheadh e a chuid le dìreach aon fhacal. *Gracias*. Bhiodh e a' dol dhan aifreann ge brith càit an robh e, a' suidhe shìos air a' bheinge cùil, 's ged nach cluinneadh daoine a chuid ùrnaighean bhiodh a bhilean a' dol gun sgur 's a cheann crom.

Bhiodh e a' cur iongnadh air daoine ciamar a bha e beò, ach bha cairt-airgid aige agus coltas nach robh gainne sam bith air. E fhèin agus am baidhsagal a' siubhal nam beann 's nan gleann mar Don Quixote agus Sancha Panza.

Bha Murdo a' rannsachadh cuin is carson a thàinig Sergio dha na h-eileanan an toiseach. Agus cha b' e rannsachadh furasta bha sin, oir eòlach 's gun robh e air tighinn is falbh dhaoine, gu mì-fhortanach cha robh camarathan CCTV aig gach cidhe, agus ged a bha CalMac rianail gu leòr le clàraidhean, cha robh fios acasan a bharrachd cuin a thàinig Sergio dha na h-eileanan an toiseach. Feumaidh nach do cheannaich e an tiogaid air-loidhne, oir bhiodh sin clàraicht' aca.

'Feumaidh gun do cheannaich e an tiogaid aige le cash aig a' phort-aiseig,' thuirt Tormod an oifis

Steòrnabhaigh ris.

'Seall fhèin a Mhurchaidh air na diofar dhòighean a dh'fhaodadh e bhith air tighinn. Taobh an Òbain a Bhàgh a' Chaisteil. Taobh Mhalaig a Loch Baghasdail. Taobh an Eilein Sgitheanaich a Loch nam Madadh. Air bàt'-iasgaich…'

Agus mar sin air adhart. Thug e uile adhbhar-smuain do Mhurdo Beag ceart gu leòr. Cho fosgailte 's a bha an t-àite do cheannaircich. Dh'fheumadh e rudeigin a dhèanamh mu dheidhinn. Uaireigin. Ach dè am feum gearain mun chùis gu na h-urracha mòra? Chrathadh iad an ceann 's chanadh iad, 'Seadh, Constable MacDonald. Agus dè am fuasgladh a bhiodh agads' air a' chùis. Armed policemen at every ferry terminal?'

Dè math dhut a bhith bruidhinn. Cheart cho math dhut d' obair fhèin a dhèanamh. Do shùilean 's do chluasan fhèin a chumail fosgailte anns an àite san robh thu, gus am biodh fhios dè bha tachairt. Cò thàinig 's cò dh'fhalbh, 's cò bha dèanamh siud 's cò bha dèanamh seo.

'S ged a bha an t-eadar-lìon agus na meadhanan-sòisealta air cùisean a dhèanamh na b' fhasa, bha e cuideachd air gnothaichean a dhèanamh mìle uair nas duilghe. Cò aig a bha an ùine sùil a chumail air cunntasan Facebook a h-uile duine san sgìre, agus co-dhiù bha fhios aig Murchadh nach robh mèirleach no eucorach sam bith dol ga bhrath fhèin anns na raointean sin. Nuair tha h-uile duine bruidhinn chan eil duine ag èisteachd, mar a thuirt a sheanmhair an turas ud anns a' choinneimh.

Dh'fheumadh tu bhith na bu ghleusta. Cumail cluas

ri claisneachd is sùil ri faire. Is iomadh fear a ghoid caora nach deach leatha air taod a Steòrnabhagh. Is ann air a' bheagan a dh'aithnichear am mòran. Thogadh tu fianais on rud bu lugha. Nuair a bhios luch aig a' chat, nì e crònan. Dè tha Mòrag a' dèanamh a' tadhal air Fearghas? Dè tha na gillean ud ris shìos mun fhactaraidh èisg? Chunna mi gu bheil càr ùr aig Donnie. Am fac' thu John Norman bho chionn ghoirid? Bha clues sgaoilte air feadh an àite.

Cha robh e cho furasta ris an rud sin a thuirt Sàirdseant Morrison ris turas. 'Cuir Leòdhasach is Uibhisteach is Barrach ann am poca, agus crath e – am fear a thuiteas a-mach le airgead fhathast na phòcaid, 's esan am mèirleach.' O cha robh, cha robh. Nach biodh Sgitheanach air choreigin air ruith air falbh cheana leis an fhortan?

Cha robh teagamh aig Murdo nach robh Sergio neoichiontach. Ach dh'fheumadh duine dèanamh cinnteach. Gu leòr gun pheanas ged nach eil duine gun lot. Ma tha eucoir ann tha ciont ann, mar a chanadh Sàirdseant Morrison. Dh'fheumadh tu h-uile clach a thionndadh. Oir mura saoil thu gu bheil rudeigin ann, chan eil e ann.

'Cuimhnich thusa,' thuirt Sàirdseant Morrison ris, 'mura biodh Christopher Columbus air smaoineachadh gun robh àite ann thairis a' chuain, cha bhiodh iad air Aimearagaidh a lorg gu bràth.'

An gloic esan.

B' e an àrainneachd a thàlaidh Sergio dha na h-eileanan. Cha b' e mac-stròdhail a bh' ann, ach ceart gu leòr thog e air cleas an duine sin.

'Tha mi falbh,' thuirt e ri athair aon latha, 's nuair a dh'fhaighnich esan carson cha tuirt e ach,

'Tha i ro theth.'

Mar gum b' e adhbhar a bha sin do dh'fhear a chaidh a thogail ann an Toledo, far an robh a' ghrian mar d' athair 's do mhàthair. An-còmhnaidh a' deàrrsadh os do chionn. 'S dh'fheumadh tu an duibhre a shireadh a dh'aona-ghnothach. A dhol a-steach a dh'eaglais fhuar fhionnar am meadhan an latha 'son sìth a thoirt dhad chorp 's dhad anam. No fasgadh fhaighinn feasgar fo sgàil nan craobh ann an ceàrnag a' bhaile.

Bha an t-uisge mar mhana à neàmh nuair a thàinig e a dh'Alba. Mar a b' fhaide tuath 's an iar a shiubhal e air a' bhaidhsagal 's ann bu ghlainne dhòirt an t-uisge. Na h-easan ann an Gleanna Comhainn, agus na cuislean a bha taomadh sìos slèibhtean Chinn Tàile, 's cho cruaidh grinn 's a bha na boinnean mòra air aodann nuair a leig e leis fhèin falbh saor sìos an Cliseam. Bha e mar a bhith ann an amar sìorraidh, 's cha do chrìon an tlachd on a thàinig e 'n toiseach.

An Armada, sgrìobh Constabal Murdo sìos anns an leabhar.

Sin adhbhar gu leòr, thuirt e ris fhèin. Aidh. Sin adhbhar, gun teagamh. 'S mura h-e, bhiodh e cheart cho coltach gun do dh'fhàg Abel Dynes fhèin e às a dhèidh. Cha mhòr nach e an aon rud a th' ann co-dhiù. *Vive la difference*, no rudeigin. A h-uile rud a thèid san lìon 's iasg e. Ithear cudaig cho math ri sgadan, a Mhurchaidh Bhig. Aidh aidh. Ma-thà, tha mi 'n dùil, a' phiseag à Ceòs.

CAIBIDEIL 6

Pavel

PAVEL. DUINE CHO gasta 's a gheibheadh tu. A-riamh bhon latha thàinig e dhan eilean mar 'deckhand' air bàt'-iasgaich Èireannach, ghabh daoine ris. Fear beag neoichiontach, gun chaim gun lochd. 'Sunny Jim' a thug cuid de dhaoin' air, le cho coltach 's a bha e ris an fhear sin a bha air an telebhisean uaireigin còmhla ri Para Handy. Rudeigin faoin-cheannach mu dheidhinn mar gun creideadh e thu sa bhad nan canadh tu ris gum fac thu cearc a' buachailleachd nan caorach air Miùghalaidh an latha roimhe.

Ach, mar a tha fhios aig an t-saoghal mhòr, chan òr a h-uile rud buidhe, 's chan uighean a h-uile rud bàn. No bha fhios aig Murdo Mhurchaidh 'ic Mhurchaidh Bhig air a sin co-dhiù. 'S fhad' on a dh'ionnsaich e sin cuideachd o sheanair.

Madainn Disathairne a bh' ann. Latha bruthainneach deireadh an t-samhraidh. Latha math a dhol a dh'iasgach. Muigh seachad air an eilean mhòr. Ann an eathar a sheanar. An sgoth Niseach a thog Iain Loudaidh dha a' bhliadhna ud a rug an t-each dubh an searrach bàn. I air a peantadh gorm, mar lèine Rangers.

'Ah, bhròinein, chan e seo latha dhol gu muir,' thuirt a sheanair ris, ged bha na speuran gorma gun sgòth is an fhairge a' deàrrsadh mar bhonn airgid.

'Chan e coltas rud rud, 'ille.'

'S ann an deich mionaidean bha na speuran cho dubh ri poit-suìthe 's an fhairge goil.

'Mo thruaighe an fheadhainn nach tuig an aimsir,' thuirt e.

An latha chaidh Clann an Dodain a bhàthadh. Tormod is Aonghas is Ailig Beag, nach gabhadh feairt co-dhiù o Luain gu Sàbaid.

Bha guth seinn brèagha aig Pavel.

'Sin o chionn 's gun deach a spothadh nuair a bha e beag,' thuirt Ruairidh Mòr, a bha air seòladh còmhla ris.

Cha robh duine a' dol às àicheadh.

Cha sheinneadh e gu poblach. Ged a chluinneadh tu e nuair a rachadh tu seachad air a' charabhan far an robh e a' fuireach. Guth binn tiamhaidh, mar gun robh aingeal air tighinn gu talamh. Mar am fear sin eile bha seinn ann an Simon and Garfunkel. Chuireadh e na h-eòin fhèin air chrannaibh. Faclan nach tuigeadh duine. Comas aige cuid dhe na faclan a chumail cho fada gus an seòladh iad air falbh gu sèimh slaodach mar bhailiùn air latha ciùin samhraidh.

Cha robh Constabal Murdo a' creidsinn Ruairidh Mhòir. Am balgair breugach esan. Mo chreach na ròlaistean a bh' aige. Nan creideadh tu e shaoileadh tu gun do thog e fhèin agus Gamel Abdel Nasser an Suez Canal eatarra, agus gur e fhèin agus Iain Eairdsidh à

Èirisgeigh a chladhaich am Panama Canal an uair sin air an rathad dhachaigh. Feumaidh fear nam breug cuimhne mhath a bhith aige. Rud nach robh aig Ruairidh bochd.

Seo an t-amharas a bh' air Murdo: drugaichean. Oir bha fàileadh milis cùbhraidh mu thimcheall Pavel uair sam bith a rachadh tu faisg air, agus ged nach e fàileadh cainb a bh' ann buileach, cha robh e fada bhuaithe. Oir bha Murdo air a dhol gu cùrsa-trèanaidh mu dhrugaichean, agus dh'ionnsaich e gun robh an gnìomhachas sin mar gach gnìomhachas eile – seòlta ann a bhith a' cleith an dòighean, agus deiseil is deònach rud sam bith a dhèanamh 'son prothaid.

Brèagha agus gu bheil gach beinn is tràigh anns na h-eileanan chan eil sin a' ciallachadh nach eil daoine ag iarraidh teicheadh gu saoghal eile.

'Nach robh e a-riamh mar sin?' chanadh Murdo. 'Cuimhnich nar latha fhìn. Leth-bhotal Johnnie Walker taobh muigh an dannsa agus canaichean gu leòr a-muigh air a' mhòintich. Cuimhn' agad air na Lager Girls? Lorraine is Lindy is Liz. B' fhiach an cana a dhrùghadh air an 'son. B' fhiach. O, b' fhiach. Aidh aidh.'

Ach, a Thì as àirde, cho neoichiontach 's a bha sin an coimeas ris na bha dol an-diugh. Clann òga gam milleadh fhèin le snàthadan is pùdar, agus na dealers sin coma cò aca fhad 's a lìonadh iad an cuid sporain.

Bha truas aig Murdo ris an fheadhainn a bha glacte anns an t-sloc dhorcha. Nach robh e eòlach gu leòr air a' cho-aoisean a chuir crìoch orra fhèin nan suidhe nan aonar aig cunntair an Royal no ann an dìgean air feadh an t-saoghail mhòir. Alasdair Bàn a dh'fhaodadh a bhith anns a' Phàrlamaid mura b' e gun d' fhuair Dòmhnall Dubh an Donais grèim air cho tràth na bheatha. Leum e far cidhe Steòrnabhaigh anmoch aon oidhche Shathairne, ged a thuirt na poilis agus an *Gazette* gum b' e tubaist a bh' ann. Bha e airidh air an tròcair bheag sin co-dhiù. Oir nì tròcair gàirdeachas an aghaidh breitheanais.

Chan e gun robh an trioblaid cho mòr sin. Fhathast. Ach dh'fheumadh tu stad a chur air rud – cho fad 's a bha sin na chomas – tràth san latha.

'You need to grasp the nettle early,' chanadh Sàirdseant Morrison. 'Stamp things out at an early stage. Vigilance, Murdo, vigilance.'

Mar a sheanair a' toirt sùil air na speuran 'son fios fhaighinn mar a bhiodh an t-sìde a-màireach.

'An t-ionnsachadh òg, Murdo, an t-ionnsachadh bòidheach,' chanadh e. 'Is minig a dh'èirich muir gharbh à plumanaich. Is minig.'

Cha robh fianais mar sin aig Murdo gun robh cleachdadh a' leantainn gu ath-chleachdadh, ach nach robh eachdraidh is nàdar mhic-an-duine na fhianais gu leòr?

'Give me a child until the age of seven and he's mine for the rest of his life,' an duan a bh' aig Inspeactar Campbell fad an t-siubhail. Uibhisteach a bh' anns a' Chaimbeulach, agus a bhràthair na mhanach san Fhraing. Feumaidh rian is ùghdarras a bhith ann,' chanadh e. 'Ged nach biodh ach dà Chaitligeach air fhàgail san t-saoghal dh'fheumadh aon dhiubh a bhith na Phàp. Sin mar a tha an gnothach ag obrachadh.'

Agus clann an latha 'n-diugh, smaoinich Murdo. Dè an teansa a bh' aca. Am pàrantan a-muigh ag obair 's iadsan air am fàgail an sin air beulaibh an telebhisein 's fo stiùir gach inneal eile tha nist san t-saoghal. Google is Netflix is aig Dia tha brath dè eile eadar drabastachd is Brexit. Chan eil iongnadh gu bheil an cinn na bhrochan, agus an saoghal anns an staid sa bheil e. Dè tha romhpa ach tuiltean is crithean-talmhainn is cogaidhean. Uaireannan, bha e a' faireachdainn caran apocailioptaig. Cho teth 's a bha an samhradh. Chan eil aon iongnadh, thuirt Murdo ris fhèin, gu bheil Pavel agus a leithid a' gabhail smoc dhen stuth chùbhraidh an-dràsta 's a-rithist.

Dh'fheuch e fhèin e, ceart gu leòr, ach cha do chòrd e ris. O, cha b' ann mar chur-seachad mì-laghail, ach mar phàirt de chontrolled experiment a rinn am feachd ann an Glaschu. Còmhla ri mu lethcheud poileas eile, chaidh iarraidh air fhèin agus air Alasdair Angus a dhol dhan ionad, far an tug iad dhaibh diofar stuthan a bha mar am puinnsean. B' fheudar do dh'Alasdair Angie bochd pile air choreigin a shlugadh a thug air ailbheanan pionc fhaicinn air feadh an àite 'son seachdainean às a dhèidh, ach fhuair Murdo às le bhith na shuidhe 's a chasan tarsainn air brat-ùrlar fad na maidne a' cneadail 'Ohm' gach turas a bheireadh e an cainb a-steach agus 'Uhh' gach turas a shèideadh e a-mach. Thuirt na dotairean bha timcheall gun deach am buille-cridhe aige sìos gu 35 buille gach mionaid.

'My dear Constable,' thuirt tè dhe na dotairean ris, 'at

the moment you'd probably beat Kip Keino in any race.'

Ach b' fhèarr le Constabal Murdo a' phìob aige fhèin agus an Condor Twist nach do dh'fhàg an saoghal na cheò air an taobh a-staigh a bharrachd air an taobh a-muigh.

Gnothaich inntinneach a bh' anns an lagh, smaoinich Murdo. Oir cha robh teagamh nach robh laghan ann a bha cho gòrach ris na h-uiseagan. Dh'fhaodadh tu mìle duine a mharbhadh ann am blàr agus gheibheadh tu medal air a shon, ach marbh duine air an t-sràid agus bha am prìosan romhad.

Ach cha b' e obair-san beachd a ghabhail air an lagh ach a chur an gnìomh.

'The law may be an ass,' thuirt Sàirdseant Morrison ris, 'but your only job is to make sure the donkey gets to market. Though sometimes it helps both you and the donkey to look the other way.' Chan ann mar Balàam.

Ach cuin? Sin a' cheist. Aon rud do shùil a thionndadh an taobh eile nuair a bha caraid dhut a' siubhal aig 40 tro chasg-astair 30, ach rud eile coimhead air falbh nuair a bha boireannach ga dochann.

'Tha 'dereliction of duty' ann, a bhalaich,' thuirt am Moireasdanach mòr, 'ach cuideachd 'gross dereliction of duty'. Caran mar pheacadh-sola agus peacadh-bàis anns an eaglais againne, ged nach tuig thusa sin. An diofar eadar trì Hail Marys agus an locha-teine, mar a chuireadh tu fhèin e, Constable MacDonald.'

Thug sin air smaoineachadh ceart gu leòr.

Cha robh cron ann am Pavel. Bha e cinnteach às a sin. Cha b' e dealer a bh' ann. Ma bha sìon idir, dìreach ceò dha fhèin an-dràst' 's a-rithist cùl chùirtearan. Agus dè an cron a bha sin a' dèanamh? Bha fada na bu mhiosa a' dol chùl chùirtearan. Ach cha robh cron ann an rabhadh.

'A shot across the bows,' chanadh Sàirdseant Morrison. 'Cha tàinig tràigh gun mhuir-làn na dèidh. Cha tàinig.'

Mar sin, bha e cheart cho math ainm Pavel a chur sìos. Oir cò aig tha fios. Cò aig tha fios dè tha rudan a' ciallachadh, ann an da-rìribh. Dh'fhaodadh rud a bhith na rud eile. 'Caora an-diugh agus chop a-màireach,' mar a chanadh An Dodag. Oir chan eil ceò gun tèine, thuirt Murdo ris fhèin. Chan eil. Chan eil. Aidh aidh. Pavel. Àireamh 56.

CAIBIDEIL 7

Iona Scott

BOIREANNACH TAPAIDH A bh' ann an Iona Scott. Bhiodh i a' dèanamh a h-uile rud luath, sgiobalta. Ged nach b' ann an cabhaig – bha i gu tur mionaideach na dòighean. Bha e mar gun robh smachd aic' air tìm, oir far am biodh feadhainn eile slaodach bhiodh ise astarach, ach le coltas gur e tìm fhèin a bha air slaodadh sìos seach an caochladh.

Bha i ruith trì diofar ghnìomhachasan. A' dealbhachadh ailtireachd tron eadar-lìon bhon taigh; a' teagasg *yoga* agus *tai chi* aig deireadh-sheachdainean ann an diofar phàirtean dhen Ghàidhealtachd, agus cuideachd a' ruith companaidh thurasachd bhon eilean. Cuairtean de dhiofar sheòrsachan a rèir an luchd-frithealaidh: timcheall làraich arc-eòlais na sgìre, timcheall nan tràighean, is mar sin air adhart. Bha cuairt a-mach gu Caisteal Chiosamuil a' còmhdachadh iarrtasan gach buidhinn.

Chaidh a togail ann an Lunnainn, ged a bha a seanair agus a seanmhair à Barraigh. Dithis dhen treud mhòr sin a shiubhail gu deas an ceann an cosnaidhean, agus a chrìochnaich anns a' bhaile mhòr bu mhotha buileach. Fhuair a seanair cosnadh ag obair air na trèanaichean fo-thalamh, agus bha a seanmhair a' nursadh gus an tàinig a' chlann. Triùir nighean. Phòs tè dhiubh Astràilianach agus ghluais iad a-null a Mhelbourne. Chaidh an tè sa mheadhan, Maighread, dha na poilis agus an tè a b' òige – màthair Iona – a theagasg.

Bhiodh Iona tric a' fuireach còmhla ri a seanmhair agus a seanair, agus mar sin chual' i iomadh sgeul mun eilean mus deach i fhèin suas còmhla riutha ann 'son a' chiad uair nuair a bha i deich bliadhna a dh'aois. Bha guth anabarrach snog aig a seanmhair, agus ged nach tuigeadh Iona na faclan an toiseach, bha e a' còrdadh rithe gu mòr a bhith ag èisteachd ris na h-òrain.

Bha i gu sònraichte dèidheil air 'Bheir mi o', oir b' urrainn dhi sin aithris gu furasta na dòigh fhèin: 'veir me o hu ho-o, sme fo vron stu gam yee'. Cha robh e cho doirbh sin na fuaimean fhaighinn. Às dèidh làimhe chaidh i gu na clasaichean Gàidhlig a bha Comunn Lunnainn a' cumail, agus chòrd sin rithe cuideachd gu mòr. Gu h-àraidh, a-rithist, an t-seinn. Bha i sa chòisir, agus cha robh sìon nas fhèarr na bhith seinn ann an co-sheirm: thuig i bhon a sin fhèin gun robh a h-uile nì a' crochadh air co-obrachadh.

Nuair a dh'eug a seanmhair agus a seanair, cha robh duin' eile san teaghlach a bha 'g iarraidh na cruit a ghabhail. Bha i air a bhith shuas còmhla riutha grunn thursan agus mar sin cha b' e aisling a dùrachd a bha fa-near dhi. Bha an seann taigh feumach air ùrachadh, agus chuir i roimhpe sin a dhèanamh. Agus 's i rinn, a' tionndadh togalach cloiche a bha lobhte le dampachd gu bhith na dachaigh bhlàth far nach robh truaillidheachd sam bith. Zero emissions.

Ri linn na dh'ionnsaich i bhon obair sin stèidhich i companaidh bheag ailtireachd a bheireadh comhairle do dhaoin' eile bha san aon shuidheachadh. Chuir e iongnadh oirre na bh' ann dhiubh, eadar ceann a deas na h-Eireann agus na h-Eileanan Fàrach. Daoine òga sa chumantas a bha mothachail air an sgrios a bha blàthachadh na cruinne a' dèanamh agus a bha miannach tilleadh gu nòsan nàdarra nach robh sgrios na h-àrainneachd.

Thuig Iona cuideachd nach robh ciall ann a bhith coimhead às dèidh na h-àrainneachd fhad 's a bha thu aig an aon àm coma cò aca mu dheidhinn àrainneachd do chuirp fhèin. Gun robh fallaineachd inntinn agus fallaineachd cuirp ann an co-sheirm ri fallaineachd na h-àile. Sin carson a chaidh i an sàs ann an *yoga* agus *tai chi*, mar dhòigh i fhèin a chur an gleus ris a' chruinne-cè.

Bha e cho coltach 's a ghabhas ri còisir. Na diofar ghuthan – na diofar phearsachan – a' strì ri saorsa agus aonachd aig an aon àm.

'Dìreach mar shaor-thoil agus ro-thaghadh,' thuirt Maighstir Ruairidh rithe nuair a bhruidhinn iad.

'Nas coltaiche ri *Musica Universalis,*' thuirt ise.

Bhiodh i toirt luchd-turais a dh'aona-ghnothach suas gu mullach Hèabhal ma bha comas slàinte idir aca, dìreach o chionn 's gum faiceadh iad teud na cruinne an sin. Air latha àlainn cha robh sìon coltach ris, na h-eileanan nan sìneadh mar chonair-mhoire a-mach air gach taobh. Dh'fhaighnicheadh luchd-turais dhi cia mheud eilean a bh' ann 's sheinneadh i òran dhaibh mar fhreagairt – 'Tha mìle long air cuan Èirinn.'

'S bheireadh i òraid bheag dhaibh mu na h-àireamhan ann an Gàidhlig, agus mar nach b' urrainn dhut uaireannan innse cia mheud rionnag a bh' anns na speuran no cia mheud duine bhàsaich aig Cùl Lodair no cia mheud a bh' anns an speil mhuic aig Fionn.

'Tha mìle còmhdachadh mòran,' thuirt i. 'Dìreach mar nach urrainn dhut innse do neach sam bith cho brèagha agus a tha iad ach le meatafor. Nuair rachadh iad dhan t-sìthean anns na seann làithean bhiodh iad ann airson bliadhna is là. Tìm gun tomhais.'

Agus sheinnidh i a-rithist:

O chraobh nan ubhal o, gun robh Dia leat,
gun robh an àird an ear 's an iar leat,
gun robh gach gealach agus grian leat.

Agus choisicheadh iad uile an uair sin sìos an cnoc ann an sàmhchair, mar nach robh sìon eile ri ràdh.

Ach cha robh càil dhe sin gu mòran diofar le Constabal Murdo. B' e a dhleastanas-san dìreach neach sam bith a bhiodh a' tadhal air a' chaisteal, agus a dh'fhaodadh a' bhràiste a thoirt air falbh, a rannsachadh. Agus cha b' e srainnsear sam bith a dhèanadh sin, ach cuideigin aig an robh fios gun robh bonn fuadan air a' bhogsa ghlainne a bha cumail na bràiste, oir chaidh fhosgladh gun bhriseadh. Bha na *suspects* aige an glaic a làimhe. 'S fhad' on a dh'ionnsaich e gur e laogh a bheireadh a' bhò.

O, bha fhios aige glè mhath nuair a thogadh iad casaidean an aghaidh neach sam bith gum biodh iad gan dìon fhèin gu dùrachdach. Cò a-riamh a chuala mu dheidhinn ciontach a thuirt, 'Ceart. Fair cop then. 'S mise rinn e?' Ach dìreach air *Dixon of Dock Green*.

Bha Murdo Mhurchaidh 'ic Mhurchaidh Bhig a' caoidh nan làithean sin. Bha bhidio aige dhen t-sreath, agus uaireannan nuair a bhiodh gnothaichean sàmhach (cha mhòr fad na h-ùine, dh'innse na fìrinn) bhiodh e a' suidhe sìos air sèithear cofhurtail sa chùl agus a' coimhead air na prògraman. Copan mòr teatha agus sgòn agus cha robh aige ach am putan a bhruthadh, agus siud e, ann an dubh is ann an geal, air a bheulaibh.

'Evenin' all. When you're a copper, you know, you're always on duty and it's a funny thing you seem to find more trouble when you're supposed to be resting than otherwise…'

'Tha thu ceart a Sheòrais. Cho ceart 's a ghabhas,' chanadh Murdo ris. 'Sin dìreach mar a tha cùisean.'

Agus cho math agus a bha am fuasgladh daonnan air an telebhisean. Cha b' e an duine ris an robh dùil a rinn e uair sam bith, ged nach robh Seòras aig àm sam bith air a mhealladh le na slighean breugach a bhiodh air an sìneadh a-mach mu thimcheall. O cha robh.

'Shen thu fhèin a bhalaich,' chanadh Murdo ris, ga mhisneachadh fad an t-siubhail.

'Cùm deagh shùil air an tè ud. Bòidheach agus gu bheil i, thèid mise an urras gur i a ghoid an t-airgead!'

Agus bha Constabal Murdo daonnan ceart. Còmhla ri Constabal George. B' fhiach sin fhèin deagh chopan teatha eile. B' fhiach. Agus sgona. B' fhiach gu dearbh.

'S bha na h-aon chleasan a' dol fhathast aig na ciontaich. A' leigeil orra gun robh iad an àiteigin eile aig an àm. Làn alibis agus bhreugan.

'Och bha mise staigh aig an àm a thachair e, a' gabhail mo shuipeir.'

''S eil fianais sam bith agad mun a sin?'

'Bha mi staigh leam fhìn. An làn-fhìrinn.'

Agus dh'fhaodadh tu bhith cinnteach nuair a chleachdadh iad na faclan sin gur e làn-bhreug a bh' aca. Am fitheach a' cur a-mach a theanga leis an teas.

Bha fhios aig Murdo cuideachd nach robh an lagh dubh is geal. Dè am facal a chleachd an t-oifigear òg ud a-rithist aig a' chruinneachadh mu dheireadh a b' fheudar dha a fhrithealadh, an Inbhir Nis? Context. Sin e. Co-theacsa a' Ghàidhlig a bh' air a sin, thuirt an tè òg a bha a' dèanamh an eadar-theangachaidh mar aon mar phàirt dhen phlana-cànain ùr aig an fheachd. Bha daonnan co-theacsa ann.

'Nuance,' mar a thuirt am fear eile.

Ged nach robh Murdo cinnteach mun a sin. Oir bha gach gealladh air a bhriseadh no air a chumail, *nuance* ann no às.

Gheibheadh Iona Scott, mar eisimpleir, teisteanas math nam biodh aice ri dhol dhan chùirt. Dh'fhaodadh e bhith, smaoinich Murdo, gun dèanadh a bòidhchead fhèin diofar. Sin 'nuance' dhut mas e am bodach MacAoidh ud eile bhios na bhritheamh air an latha! Cha do dhìt e boireannach àlainn a-riamh, ged nach robh dragh a' choin aige gach gràisg ghrànda bh' air a' Ghàidhealtachd a thilgeil a-steach a Phorterfield 'son 30 latha 's a' chòrr, ged nach biodh iad ach air am bonnach milis a thogail à Tesco.

Oir a bharrachd air a h-àilleachd, bha business aice. Gnìomhachas. Gnìomhachas beag cudromach, soirbheachail. Agus bha i foghlamaichte. Cha bhiodh feum aice air neach-lagha, oir bha PC Murdo làn-chinnteach gun dìonadh i i fhèin nan tigeadh an latha. Oir bha i cho siùbhlach ealanta le faclan, cuid dhiubh nach cual' e a-riamh roimhe. Bha latha dheth aige turas agus chaidh e air cuairt an luchd-turais còmhla rithe, agus abair gum b' e foghlam a bha sin dha. Chaidh iad a Phabaidh far am fac' iad a' chlach Chruithneach a tha a' giùlan eachdraidh na cruinne. Cha robh fhios aig Murchadh 'ic Mhurchaidh Bhig cho aineolach 's a bha e chun an latha sin.

Ach dè dhèanadh tu dheth?

'Cha robh Murchadh aig baile nuair a chaidh toinisg a roinn a-mach,' thuirt a sheanair. Agus ged a dh'fhaodadh duine rud ionnsachadh, cha b' urrainn dhut an cupa a lìonadh barrachd na ghabhadh e – cha ghabh an soitheach Gàidhealach ach a làn. Sin beachd Mhurchaidh co-dhiù.

'Cuir mar seo e,' thuirt e. 'Tha d' eanchainn mar chuinneag-bainne. Agus aon uair 's gu bheil i làn cha dèan e càil a dh'fheum dhut tuilleadh bainne a dhòrtadh innte, oir taomaidh e thairis. Sin carson a tha Craig Dunain làn. Daoine le fada cus nan cinn. Feumaidh tu rud a dhìochuimhneachadh mus ionnsaich thu rud ùr. Mar an toidhleat. Aon uair 's gu bheil e làn, flush air falbh e, 'ille. Dè chanas iad a-rithist? Sgudal a-steach, sgudal a-mach.'

Agus a rèir an fhiosrachaidh a thog Constabal Murdo fhèin na bheatha bha sheanair ceart. Cha tig às a' phoit ach an toit a bhios innte, 's mura bi toit innte cha bhi càil innte. Bha e mar an dà-chànanachas seo air am biodh iad a' bruidhinn an-dràsta 's a-rithist air an rèidio. Droch rud. Oir ciamar idir a rachadh aig ceann sam bith sgaradh a dhèanamh eadar na diofar rudan. Bhiodh iad mixture moxture bun-os-cionn trumach air thearrach. Coltach ris an truaghan bhochd a bha san aon chlas ris fhèin san sgoil, agus nuair a dh'fhaighnich an tidsear dha.

'What day is it today John?' Fhreagair esan, *I don't know, but it was* Diluain *when I left the house* anns a' mhadainn.'

Dè dhèanadh tu dheth? Bha e mar mince: 'feòil a chagainn cuideigin eile roimhe,' mar a thuirt Donald John am bùidsear. 'Fàg sin, agus ceannaich an chop seo na àite.'

Agus rud eile, smaoinich Constabal Murdo – cha chaochail dubh a dhath. A dh'aindeoin na psychologists agus na psychiatrists ud a bha a-nis ag obair anns na prìosain, bha fhios aig Murdo gun robh olc ann an cuid a dhaoine, agus ged a pheantadh am fear-lagha as comasaiche anns an rìoghachd iad cho geal ri ballachan Dover, chan atharraicheadh iad an dòighean.

'A leopard cannot change its spots,' mar a chanadh Sàirdseant Morrison.

'Ah. Am peacadh. Am peacadh,' mar a chanadh MacRath Mòr am ministear. 'Chan eil faochadh air ach Calbharaigh.'

Agus aig na h-amannan sin sheinneadh Murchadh tè dhe na seann laoidhean soisgeulaich mar ùrnaigh dha fhèin agus dhan t-saoghal mhòr. Oir dè eile dh'obraicheadh? Job Creation Schemes is Creative Writing Classes is Cùrsaichean-Trèanaidh? Gun ghuth air an fheadhainn a chanadh, 'Watch my lips. It's the economy, stupid.'

Mar gum b' e bochdainn a bha 'g adhbhrachadh eucoir. 'O Thì bheannaichte', chanadh Murdo, 'a' bhochdainn a bh' ann nuair a bha mise a' fàs suas 's a dh'aindeoin sin cha ghoideadh duine cùl na lofa bho thaigh dhuin' eile. Cha ghoideadh. 'S mas e a' bhochdainn a tha ag adhbhrachadh na h-eucoir seo, ciamar is carson a tha barrachd dhaoine sa phrìosan san latha th' ann na bh' ann a-riamh ri linn mo sheanar, ged nach robh luideag mun màsan no sgillinn ruadh aca sa bhanca?'

'Ach a dhuine,' thuirt Maighstir Ruairidh ris nuair a thog e na ceistean sin 'nach do leugh thu Dickens a-riamh? No na Ruiseanaich – Turgenev is Dostoevsky? Ri linn na bochdainn bha na mìltean mòra air an cuipeadh dhan phrìosan. Gun ghuth a ràdh air Taigh nam Bochd. Nach e sin a dh'adhbhraich Ar-a-mach na Ruis agus Seirbheis na Slàinte againn fhèin, a dhuine?'

Thug sin air Murdo stad agus smaoineachadh, ceart gu leòr. Ged nach b' ann air leughadh is sgrìobhadh ach air labhairt is èisteachd a chaidh esan a thogail. Still, cha b' ann air Leòdhas no air Barraigh a bha Dickens a-mach, an ann? A dh'aindeoin cruadal is bochdainn cha do ghoid Gàidheal pìos arain a-riamh. Sin a' bheachd a bh' aigesan co-dhiù agus cha robh Dickens nam mollachd a' dol a dh'atharrachadh sin. By chove, cha robh.

Ach gheibheadh Ms Scott, mar a bh' aic' oirre fhèin, èisteachd cothromach gun teagamh. Dhèanadh e cinnteach às a sin. Dè rithist a bhiodh Sàirdseant Morrison ag ràdh?

'Tha h-uile duine ciontach gus am faighear neoichiontach iad.'

CAIBIDEIL 8

Ailig an Insurance

AGUS BHA AILIG ann. Ailig bochd. Ailig an Insurance. Sgitheanach.
'Ged nach cùm mi sin nad aghaidh,' thuirt Murdo ris a' chiad turas a choinnich e ris.
'Leòdhasach am Barraigh, eh?' ars esan. 'An Englishman abroad, mar a thuirt am fear eile.'
'S e bha dàn. A' chiad turas a nochd e air an eilean choisich e a-steach dhan oifis aig Murdo, a' cur fàilte mhòr chridheil air mar gun robh iad air am Pacific a sheòladh còmhla.
'Sir. Inspeactar,' thuirt e ris, agus cha do bhodraig Constabal Murdo a cheartachadh. Bha e a-riamh ag iarraidh a bhith na Inspeactar co-dhiù, agus ma bha e a-nis a' faighinn an urraim saor an-asgaidh tha fhios gum bu chòir dha bhith taingeil?
'Seadh,' thuirt e ris. 'Agus dè do ghnothach?'
Chuir an duine àrd tana mach a làmh.
'Ailig. Ailig Stewart às an eilean. Tha mi reic àrachas.'
'Seadh,' thuirt Inspeactar Murdo. Stiùbhartach.

Chan eil a h-uile Stiùbhartach càirdeach dhan rìgh.
'Dè am pairt dhen eilean?'
'Slèite. *Slèite riabhach nam ban bòidheach.*'
'Aidh aidh. Nach robh fear às an eilean sin – Stafainn nach b' e? – a bha ag obair uair 'son Pearl Assurance? Bhiodh e a' toirt a Mhamaidh timcheall còmhla ris sa chàr. Mother of Pearl a thug iad oirre.'

Agus rinn e snòdha gàire. Cha do rinn Ailig. Duine serious a bh' ann.

'Co-dhiù,' arsa Murdo, 'dè an seòrsa àrachais a tha thu a' reic?'

'A h-uile seòrsa,' thuirt Ailig. 'Àrachas-dachaigh, àrachas-obrach, àrachas-croite, àrachas-chàraichean... àrachas-airson rud sam bith anns a bheil luach ma thèid a chall no a bhriseadh no a ghoid.'

'Seadh,' thuirt Inspeactar Murdo. 'Agus ciamar a tha business?'

'Math. Math fhèin. Reic mi tòrr an Leòdhas.'

'Reiceadh,' thuirt Murdo. 'Daoine cùramach faiceallach shuas an sin. An seo? An seo, tha iad coma ged a dh'fhalbhadh tu leis an aran bhon a' bhòrd. Daoine coibhneil carthannach. Gòrach, chanadh cuid.'

'Ah well. Ah well,' thuirt Ailig. ''S d' fhiach feuchainn a dh'aindeoin. Ge beag an t-ugh thig eun às.'

Agus thog e air suas tro na bailtean.

Feumaidh gun do rinn e ceart gu leòr, oir thill e a-rithist an ath sheachdain, agus an ath sheachdain a-rithist. Gach turas a thàinig e, thadhail e an toiseach air Murdo.

'Modh,' thuirt e ri Inspeactar Murdo. 'Courtesy

call. Fhios agad, nuair a rachadh siùbhlaiche a dhùthchannan-cèin anns na seann làithean b' e sin a' chiad rud a dhèanadh e – tadhal air an rìgh. Sin a rinn Marco Polo.'

Cha deach Murdo às àicheadh. Chòrd na cèilidhean aig Ailig ris. Bha e da-rìribh mar na ceàrdan agus na tàillearan anns na seann làithean – cha robh turas a thigeadh e nach robh naidheachd na chois. A dh'aindeoin na meadhanan-sòisealta is eile, thigeadh Ailig gach seachdain le naidheachd nach robh air nochdadh air Facebook no air an rèidio no an àite sam bith.

Bha e dèidheil air cofaidh, agus b' fheudar do Inspeactar Murdo percolater sònraichte a cheannach o Amazon 'son nan cèilidhean aca. Tè dhen fheadhainn àraid ud a ghabhas na pònairean agus a' sguidseas iad suas nan cnapan gus am bi iad pronn mus cuir thu tron t-sìoltachan iad. Pròiseas taitneach a bh' ann, mar lasadh pìob-smocaidh. Cuimhn' aig Murdo Beag mar a bhiodh a sheanair a' suidhe taobh an teine a' pronnadh am Black Twist a-staigh dhan phìob-chrèadha, agus mar a lasadh e an uair sin i le pìos pàipeir on teine-mhònach. Bha a' *Weekly News* uabhasach math 'son a lasadh. Bha an t-inneal-cofaidh caran an aon rud: dh'fhaodadh tu suidhe an sin is coimhead oirre 'g obair fhad 's a bha thu a' faighinn fàileadh a' chofaidh agus a' seanchas. Cho math 's a bha suidhe taobh do theine fhèin a' gabhail toit 's a' bramadaich.

A dh'innse na fìrinn dh'fhàs Inspeactar Murdo na sheòrsa de *afficianado* air cofaidh ri linn nan cèilidhean aig Ailig. Bha an t-uamhas sheòrsachan ann, agus bha e dha mar *voyage of discovery* mar a chuir e fhèin e. Teatha bhiodh e fhèin ag òl, ann am poit. Bha e a-riamh a' caoidh nach fhaigheadh e Sun-Ray Tips tuilleadh, oir sin an dualchas ris an do dh'fhàs e suas. Airson ùine chaidh Murdo fhèin leis an t-sruth agus ghabh e ri pocannan-teatha nam mollachd, mus do chuir e chùl riutha buileach glan mar rudan fuara fuadan. On latha sin a-mach cha bhiodh e ceannach ach duilleagan teatha, a dh'fheumadh e a chur ann am poit chrèadha.

'O Thì bheannaichte nach do dh'fheuch mi iad uile,' thuirt e ri Ailig. 'An Earl Grey sin a tha mar dhileag na piseig agus an Lady Grey a tha nas miosa buileach, agus a chuile fear eile, ach chan eil am beat aig a' cheann thall air an Assam Loose Leaf! Blàthaich a' phoit an toiseach ge-tà, 'ille, no cha d' fhiach i am poll. Agus goil i. Goil i ceart, mar ann an linn do sheanar. Bidh iad ag ràdh a fàgail 'son còig mionaidean, ach saoilidh mise nach d' fhiach i gus am bi na seachd mionaidean suas co-dhiù. Cha d' fhiach. Cha d' fhiach, 'ille.'

'O, tha mi 'g aontachadh,' chanadh Ailig. 'An aon rud mun chofaidh. Ceart cho math dhut biadh nan cat a ghoil na an Instant Nescafé sin a ghabhail. Feumaidh cofaidh ceart a bhith air a dheisealachadh ceart, cho slaodach 's as urrainn dhut o na pònairean. Agus – mar an teatha fhèin – tha pònairean is pònairean ann. Tha an Colombian math. An Colombian Organach.'

Agus shuidheadh iad an sin ùine, Inspeactar Murdo le muga mòr teatha agus Ailig an Insurance le copan beag crèadha cofaidh.

'Seadh, aidh aidh,' chanadh Murdo. ''S dè tha dol?'

'S nach annasach nuair a dh'fhaighnicheas tu sin gun can an neach eile,

'Och, chan eil mòran,' mun inns iad dhut mu chor an t-saoghail gu lèir, beag air bheag.

'Chunna mi Donaidh air an Tairbeart.'
'Donaidh? Donaidh Ham no Donaidh Spam?'
'Spam.'
'Oh? 'S dè tha esan ris na làithean seo?'
'O, siud is seo. Cheannaich e sgoth ùr.'
'Ho-ò. An do cheannaich a-nis?'
'Aidh. 40 footer.'
'Chosgadh sin. Saoil cà' il e faighinn an airgid?'
'Aig Dia tha brath. Aig Dia fhèin tha brath.'

Dhòirt Inspeactar Murdo muga teatha eile mach dha fhèin. Fhad 's a bha e a' cur na spainne siùcair mu thimcheall thuirt e,

'Nach deach an sgoth mu dheireadh aige fodha no rudeigin?'

'Na teine,' thuirt Ailig.
'Well, well. 'S an d' fhuair e an insurance?'
'Fhuair. £100,000. Chuala mi gun do cheannaich e an tè ùr second-hand 'son £60,000.'
'Well well,' thuirt Inspeactar Murdo. 'Nach àraid sin.'

Fhad 's a dhèanadh Murdo a-mach cha robh càil dhen dol-a-mach sin a' dol an seo.

''S ciamar tha gnothaichean a' dol an seo?'
'O, ceart gu leòr,' thuirt Ailig. 'Na bodaich 's na cailleachan a' sàbhaladh suas 'son nan cisteachan-laigh' aca, agus cuid dhe na daoine aig meadhan-aois a' feuchainn ri sàbhaladh suas 'son peinnsean beag air choreigin. Tha an òigridh ga dhèanamh on-line

ma tha iad ga dhèanamh idir. Tha na làithean againne seachad a Mhurchaidh – làithean nan siùbhlaichean. The death of a salesman!'

Agus rinn e gàire beag.

'Ach tha daoine fhathast a' toirt àrachas a-mach 'son nan rudan luachmhor a th' aca?'

Rinn Ailig gàir' eile.

''S dè na rudan 'luachmhor' a bhiodh sin, Inspeactar Murdo? Na Wally Dogs aig Ceiteag Bheag agus an i-pod aig Mungo?'

'Nach eil grìogagan prìseil aig cuid dhe na cailleachan sin sna taighean? Seudan? Fainneachan òir? Uaireadairean airgid? Nach eil Rolex aig Mìcheal Iain?'

'Ma-thà, chan eil iad insured,' thuirt Ailig. 'Chan e neamhnaid a h-uile rud tha deàrrsadh. 'S e a' bhràiste òir sin ann an Ciosamuil an aon rud prìseil a tha insured agamsa san àite seo.'

'Oh?' thuirt Inspeactar Murdo.

'Agus dè an t-suim air a bheil e insured?'

Ghnog Ailig taobh a shròine le chorraig.

'Ah, nist! Now that would be telling. Trade secret, nach e? Chan urrainn dhomh sin innse dhut a dhuine, ach cuir mar seo e – cheannaicheadh a luach caisteal no dhà dhut ann an Tuscany ceart gu leòr.'

'Aidh? 'S an robh thu a-riamh ann?'

'Ann an Tuscany? 'S mi bha…'

'Anns a' chaisteal.'

'Bha. Bha cuideachd. Nach fheumainn 'son an àrachas ùrachadh. Feumaidh duine sin a dhèanamh gach bliadhna. Tha fhios gu bheil thu fhèin a' tuigsinn, Inspeactar MacDonald, nach eil rud sam bith a' fuireach mar a bha. Cuid de rudan a' call luach, cuid eile a' fàs. Is ann a dh'fhàsas an sìol mar a chuirear e. Is ann.'

Droch theansa, shaoil Constabal Murdo, gum b' e Ailig a ghoid i. Ach cha b' urrainn dhut a bhith cinnteach, agus bha adhbhar ann. Àrachas fhèin. Facal sgàthach. Bha daonnan ceistean timcheall a' ghnothaich, is daoine ri foill. Ag ràdh gun robh tubaist aca nuair nach robh. Ag innse gun deach an taigh na theine nuair a b' e iad fhèin a thòisich e airson an airgid-àrachais. A' choire (agus a' chosgais) daonnan a' dol air cuideigin eile. Ann an saoghal far an robh daoine diùltadh an uallaichean fhèin a ghiùlan. Daonnan leisgeulan aca – gun tàinig caora mach air an rathad gun fhiosta, agus gum b' e sin a dh'adhbhraich an tubaist, agus nach b' e an t-astar aig an robh iad fhèin a' siubhal. Gun do ghoid cuideigin an sporan aca, nuair a bha iad fhèin rin coireachadh 'son fhàgail aig cunntair a' bhàir fhad 's a chaidh iad dhan taigh-bheag. Oir far a bheil àrachas is airgead, smaoinich PC Murdo, tha miann is foill.

Agus bha Ailig cuideachd eòlach air a' bhràiste. Sin cho cinnteach 's a ghabhadh. Nach tuirt e fhèin gum biodh e ga làimhseachadh uair sa bhliadhna 'son luach? Chitheadh Murchadh Beag e ann an sùil an inntinn – na sheasamh an sin agus a' bhràiste deàrrsadh òr-bhuidhe na làimh? Dè an àireamh a thug e seachad a-rithist? Hud – luach caisteil no dhà ann an Tuscany! Choimhead PC Murdo 'Castles in Tuscany' suas air Google agus O Thì, mo chreach 's a thàinig, dè luach a bh' annta? Fichead millean. Deich thar fhichead millean. Leth-cheud millean. Adhbhar gu leòr an sin 'son duine sam bith rud sam bith a dhèanamh. Fiù 's an aghaidh a dheagh thoil fhèin.

CAIBIDEIL 9

Fake News

THA E CHO doirbh rudan a chleith no a chumail dìomhair. Ged a rinn Murdo a dhìcheall. Tha aig poileasman, coltach ri gach searbhanta poblach eile, ri loidhne gu math tana a chaismeachd eadar fios agus dìomhaireachd, ciall agus caothach. Uaireannan tha thu nas fheàrr nad chadal.

Thachair a' mheirle agus dh'fheumadh e sin a chlàradh gu h-oifigeil agus an droch naidheachd innse chan ann a-mhain dha na daoine bha os a chionn ach cuideachd dhan t-saoghal mhòr. Anns a' chiad àite a chionn 's gun robh an lagh ag iarraidh sin, agus cuideachd a chionn 's gun robh soilleireachd (transparency a bh' ac' air anns na modhan-obrach) deatamach a-nis. A bharrachd air a sin bha e cuideachail, oir mar a chanadh Seòras Dixon fhèin, 'If you don't have the public on your side, you've got nothing.'

Ach dh'fheumadh tu bhith faiceallach. Oir nan toireadh tu cus fiosrachaidh seachad, bha sin a' toirt cothrom dha na h-eucoraich iad fhèin a dheasachadh.

Cha robh maighstir sam bith a bhiodh a' cluich tàileasg no ag iomairt chairtean a' leigeil fios dhan taobh eile dè a bh' aca no dè bha fa-near dha.

Can fhèin nuair a bhiodh tu a' cluich *Whist* no *Catch the Ten* mar a bhiodh Murdo an-dràst' 's a-rithist nuair a bhiodh làithean dheth aige. Bha cousin aige pòsta thall ann am Mòrar agus bhiodh e dol a-null an sin 's a' cluich leothasan nuair a b' urrainn dha.

'Now Murdo, remember to keep your cards close to your chest,' chanadh i fhèin ris. Tè mhòr bhàn à Inbhir Nis a bha a' saoilsinn gum b' i Einstein a chionn 's gum b' urrainn dhi cunntais suas cho luath 's a ghabhadh nuair a bhiodh i a' cluich darts anns an taigh-sheinnse am Malaig. Gann gun robh nan saigheadan nan àite 's gun èigheadh i 'Tops, Double Tops, Treble 18. 134!'

Ach bha i gun fheum aig na cairtean. Ro fhollaiseach, a' leigeil ma sgaoil gun fhios dhi gun robh Rìgh no Banrigh nan Speuran aice no nach robh aice ach cairtean ìseal gun fheum. Chitheadh tu e na sùilean agus na h-aodann. Dh'fheumadh tu bhith gun fhaireachdainn anns a' gheam seo. Mar fhear de Thursachan Chalanais, a' gleidheadh d' eachdraidh. Sin carson a bhiodh Murdo Beag daonnan a' buannachadh, ged a chanadh an tè bhàn daonnan,

'Aye you're a lucky man, Murdo MacDonald, right enough.'

'Aidh, well,' chanadh esan. 'Chan eil àgh gun ealain.'

Tha fhios gun robh mèirle is murt an aon rud: ma bha thu an dùil na ciontaich a ghlacadh dh'fheumadh tu an dà chuid àgh agus ealain. Dh'fheumadh tu fiosrachadh fìrinneach a sgaoileadh, uaireannan air a mheasgachadh le fiosrachadh fuadan, 'son an glacadh anns an lìon. 'Sgadan dearg a thilgeil am measg nan sgadan lainnireach,' mar a chanadh Sàirdseant Morrison. 'Fake news', mar a thuirt am fear eile.

'Can nam biodh murt sa bhaile seo,' thuirt e ri Murdo. ''Eil thu smaointinn gu bheil mise dol a chumail coinneamh-naidheachd 's innse gu bheul cuideigin againn fo amharas? No way, José. Leig ort nach eil sìon a dh'fhios agad, gus an saoil iad gun d' fhuair iad às leis, agus stobaidh iad iad fhèin ann an sloc an uair sin. Cha bu chòir dhut ceist fhaighneachd mura bheil fhios agad air an fhuasgladh cheana. Mura bheil fhios agad càit a bheil Càirinis na teirig ann. Creid thusa seo a Mhurchaidh a bhalaich – chan urrainn an ciontach a bhith sàmhach. Tha an ciont mar eun sa choille – feumaidh e seinn uair no uaireigin.'

Agus bha e cho ceart 's a ghabhadh. Bha Murchadh fhèin air sin fhaicinn iomadh turas. An turas ud, mar eisimpleir, a chaidh a' chrois choisrichte a ghoid às an t-seann eaglais. Fear à Derby a rinn e, agus ged nach robh beachd aig poileas sam bith no aig neach sam bith eile gum b' e a ghoid i, cha b' urrainn dha cumail sàmhach na b' fhaide. Chaidh e gu eaglais Shasannach leis a' chrois, agus dh'fhàg e i air treasta. Gu mì-fhortanach dha bha CCTV anns an eaglais. Anns a' chùirt thuirt e, 'Tha mi toilichte gun deach mo ghlacadh. Fhad 's a bha i agam, bha mi mar gun robh mi tachdadh a h-uile latha. Mar nach b' urrainn dhomh bruidhinn ceart, oir bha na faclan seo uile daonnan a' tachdadh nam faclan a bha mi labhairt.'

An truaghan esan, a fhuair trì mìosan sa phrìosan 'son a chiont. Mar rabhadh do daoine eile nach robh an lagh gun ghath. Chan eil sìth dhan an aingidh.

Cha robh Murdo feuchainn ri dhol timcheall an lagha, ach dìreach a' feuchainn ris an trioblaid fhuasgladh leis fhèin. Nach b' e sin a dhleastanas agus obair? Chan ann a bhith an urra ri muinntir Inbhir Nis no Ghlaschu – na smart-alecks sin a' nochdadh an-dràsta 's a-rithist air a' phlèan, mar nach robh an aiseag math gu leòr dhaibh. DI clàraichte air an aodannan, mar gun robh iad air a bhith a' leughadh cus dhen duine sin Chandler.

Leugh Murdo fhèin e turas, ach cha do chòrd e cho mòr sin ris. B' fhèarr leis fada am fear eile, Hammett. Dashiell Hammett. Sin agad a-nist fear a bheireadh dhut thriller agus mystery aig an aon àm, seach an sgudal ud eile bhiodh iad a' foillseachadh san latha th' ann. B' fhèarr Harry Potter fhèin le chuid draoidheachd: ah, an seann chleas mheallta sin – draoidheachd! Mar gun robh sin gu feum. Oir cha robh. Dh'fheumadh tu dìreach a bhith stòlta dìcheallach, ag obrachadh rudan a-mach on fhianais a bh' agad, cha b' ann le slat-draoidheil air choreigin. Dè bhiodh Sàirdseant Morrison ag ràdh a-rithist? 'Cha tig às a' phoit ach an toit a bhios innte!'

Ach chan urrainn fiù 's an duine as stòlta agus as dìcheallaiche san t-saoghal an lud a chumail air a' phòit gu sìorraidh. A bharrachd air an naidheachd oifigeil a sgaoil PC Murdo fhèin dhan choimhearsnachd agus dha na meadhanan, bha càrn de naidheachdan eile dol timcheall an àite mun mhèirle. Fathannan is tuairmsean is beachdan is breugan gur e MacNèill fhèin a thog e, no Constabal Murdo no 's dòcha am ministear 'locum' a bha siud a bha air a bhith air an eilean 'son greis. Duine neònach à Dùn Èideann a chuir seachad an samhradh a' snàmh timcheall an eilein.

'Cuiridh mi geall dhut gun robh snorkel agus deise-dàibhidh aige agus gun deach e suas tron tobar sin am meadhan na h-oidhche,' thuirt Seonaidh Eòghainn, a bha air bonn-gaisgeach fhaighinn ann an Cogadh nam Falklands. Oir feumaidh tu an fhìrinn a shireadh a dh'aindeoin dè tha daoine ag ràdh a thachair.

Thàinig iad mu dheireadh thall, ge-tà. Mar an dròbhair bochd a thàinig latha às dèidh na Fèille. Na detectives spaideil o thìr-mòr. DI MacGregor à Inbhir Nis agus DI Johnstone à Glaschu. Esan is ise, dreiste mar gun do chuir iad an geamhradh seachad a' coimhead air Nordic Noir. Geansaidh Fair Isle oirrese agus esan le deise spaideil gorm is lèine gheal fosgailte. Borgen. Thàinig iad air a' phlèan, of course, agus bha càr air màl a' feitheamh orra. Choinnich Constabal MacDonald iad anns a' chàr oifigeil, agus rug iad air làimh air.

'Chilly,' thuirt MacGregor. 'I knew I should have brought a coat.'

'Don't worry,' thuirt Murchadh ris. 'We've got plenty of good warm police jackets in the office.'

Choimhead an Griogalach air le truas.

'I said a coat, Constable. Not a jacket. Never mind.

I'll get one flown up tomorrow.'

Cha bhiodh e na dhuin'-uasal ged a bhiodh a' Ghàidhlig fhèin aige, smaoinich Murdo.

''Eil sibh ag iarraidh mo leantainn?' dh'fhaighnich PC Murdo, ach fhreagair DI Johnstone nach robh.

'Nì sinn ar slighe fhìn. Tha fhios gu bheil Google Drive air a' chàr? Mura bheil, thug sinn suas am fear againn fhìn.'

Lean iad Murchadh suas chun a' Bhàigh a Tuath agus nuair a thionndaidh esan deas chaidh iadsan clì, a' gabhail taobh sear an eilein.

Nochd iad aig an oifis an ceann uair.

'Abair rathaidean,' thuirt DI Johnstone.

'And what gorgeous views,' thuirt an Griogalach. 'Must be wonderful to live here. Or at least to holiday here.'

Shuidh iad san oifis-chùil.

'Teatha?' dh'fhaighnich Murchadh. 'No cofaidh?'

'Teatha,' thuirt NicIain.

'Cofaidh,' ars an Griogalach. 'Decaff. Organic.'

Nach math gun robh Ailig an Insurance air an saoghal sin fhosgladh dha, smaoinich Murchadh.

'Colombian or French?' dh'fhaighnich Murdo.

'French. *S'il vous plaît.*'

Ma tha thu cho smart sin, smaoinich Murdo, carson nach ionnsaich thu Gàidhlig. No nach cleachd thu i. Cuiridh mi geall gu bheil i agad leis a' bhlas Inbhir Nìseanach sin. No bhiodh i aig d' athair no do mhàthair co-dhiù.

'*Pas de problèm, man,*' thuirt Murdo. Organaic Frangach.'

An ceann ùine thuirt DI MacGregor.

'So, Constable MacDonald. If you can take us through the whole incident again, from the very beginning.'

'I've already filed my report, Sir,' thuirt Murdo.

'Tha fios a'm,' thuirt an Griogalach. 'Leugh mi e. Tha mi nist ag iarraidh a chluinntinn.'

Agus rinn Murdo a dhìcheall, a' tòiseachadh aig an toiseach, mar gun robh toiseach ann. Oir càit' an tòisich thu? Leis a' mhèirle no leis a' bhràiste? Co-dhiù, thòisich Murdo le Mac ic' Ailein, agus chrìochnaich e leis na suspects, am fear mu dheireadh dhiubh Ailig an Insurance. Dh'èist an dà DI gu faiceallach ris, an Griogalach a' coimhead sìos air am fòn a bh' aige na làimh fad na h-ùine. Nuair a chrìochnaich Murdo, thuirt an Griogalach,

'Chan eil an cunntas a thug thu an-dràsta buileach a rèir na h-aithris a sgrìobh thu thugainn.'

'Nach eil. Well, tuigidh tu fhèin nach e laoidh a tha seo a dh'ionnsaich mi, ach rud a chuala mi 's a chunnaic mi.'

'Feumaidh sinn a bhith mionaideach ge-tà.'

'Feumaidh. Feumaidh, gu dearbha,' dh'aidich Murdo. 'Co-dhiù dè na rudan a bha diofraichte?'

'Thuirt thu, mar eisimpleir, anns a' chunntas sgrìobhte gun tàinig Mac 'ic Ailein an seo ann an 1314. An-dràsta thuirt thu 1413.'

'Duilich,' thuirt Murdo. 'Mheasgaich mi a' chuairt aige suas ri Bannockburn. Blàr Allt a' Bhonnaich a bh' ann an 1314, nach e? Cuimhneachadh ionnsachadh san sgoil. Tha an duan agam fhathast. 55BC Julius

Caeser first landed in Britain...'

Chuir DI MacGregor stad air le làimh,

'Hoi, hoi hoi, cha robh sin ach eisimpleir. Tha rudan fada nas mionaidiche ann mu na daoine a tha fo amharas. Feumaidh sinn sin a... a rannsachadh... fianais a thogail bhuapa... càit an robh iad aig an àm a chaidh a' bhràiste à sealladh... teisteanasan sgrìobhte is clàraichte fhaighinn bhuapa seach dìreach tuairmse is beachd... 's cuimhnich, Constable MacDonald, gu bheil còraichean laghail – còraichean Achd a' Chinne-Daonnda – aca uile, agus mar sin còraichean neach-lagha fhaicinn agus a bhith cuide riutha aig agallamh sam bith... tha am pròiseas a cheart cho cudromach ris an lagh fhèin. Chan eil duine againn – thusa, no mise no DI Johnstone an seo os cionn an lagha. Tha prionnsapal ceartais aig bun is cridhe is ceann-uidhe a h-uile rud a tha sinn a' dèanamh Constable MacDonald. Cuimhn' agad? "Tha a h-uile neach co-ionann fon lagh."'

'Càit a bheil an liosta dhen fheadhainn a tha agad fo amharas?' dh'fhaghnich DI Johnstone. Dh'fhosgail Murdo drathair an deasga, thog e faidhle glas agus shìn e dhi e.

'Tapadh leat,' thuirt i.

Dh'fhosgail i am pasgan agus thug i sùil air. Clàr sgiobalta leis na seachd ainmean agus àireamhan ri taobh gach ainm. Shìn i am pasgan a-null dhan Ghriogalach. Thug esan sùil air. Rinn e gàire.

'Còd,' thuirt e. 'Tapaidh.'

Choimhead e air Murdo.

'Am faod mi an liosta seo a thoirt leam?'

'Chan fhaod. Nì mi lethbhreac dhut.'

Chaidh e a-null chun a' chlo-bhualadair agus rinn e dà lethbhreac. Thug e aon dha DI Johnstone agus aon dha DI MacGregor.

'Co-ionannachd,' thuirt e, le fiamh a' ghàire.

'Is bidh sibh sgìth às dèidh siubhal? An toir mi dhan taigh-òsta sibh?'

'Cha toir an-dràsta,' thuirt DI Johnstone. 'Nach dèan sinn beagan obrach an toiseach. 'Eil seòlaidhean is àireamhan-fòn is gnothaichean agad 'son nan daoine seo.'

'Tha. Tha fhios a'm cà' bheil iad uile.'

'Glè mhath. Ach a' chiad rud tha sinn dol a dhèanamh 's e dhol a dh'fhaicinn an àite dhuinn fhèin.'

'Ah! The scene of the crime,' thuirt Murdo. ''son clues. Mar Inspeactar Clouseau? Huh?'

'Aidh. An dearbh nì,' thuirt an Griogalach.

CAIBIDEIL 10

Na DIs

THUG MÌCHEAL IAIN an dà dhetective a-null dhan chaisteal. Bha an còta air tighinn, agus mar sin sheas an dithis aig spiris a' bhàta mar gun robh iad a' sireadh nan Innseachan.
Cha tug a' chuairt ach còig mionaidean. Bha Iona Scott còmhla riutha mar neach-iùil.
'An e seo an aon dòigh faighinn dhan chaisteal?' dh'fhaighnich DI Johnstone.
'Chan e,' thuirt Mìcheal Iain. 'Faodaidh tu snàmh ann. No slabhraidh a cheangal agus thu fhèin a shadadh a-null. No heileacoptair beag fhaighinn agus itealachadh air ais 's air adhart.'
Cha robh iad buileach cinnteach an robh e ri fealla-dhà.
'No kite?' dh'fhaighnich DI MacGregor,
'A rèir na gaoithe,' fhreagair Mìcheal Iain.
Bha camara beag ditseatach aig DI Johnstone agus thog i dealbhan air a h-uile òirleach dhen chaisteal. Chuir i fhèin agus an Griogalach ùine mhòr seachad anns an rùm far an robh a' bhràiste air a bhith.

'Chan eil dragh mu fingerprints,' thuirt e. 'Tha am bogsa air a bhith air a làimhseachadh mìle turas o àm na mèirle.'

Rinn an dithis aca mion-rannsachadh air a' bhogsa ghlainne. Glainne thrìplichte a bh' ann le suaicheantas Chloinn Nèill air gach taobh. Buaidh no Bàs. Bha a' ghlainne fuadan aig a' bhonn. Dh'fheuch an dithis aca fhosgladh. Cha b' urrainn dhaibh.

'Mar seo,' thuirt Ms Scott riutha. Agus dhragh i am bonn fuadan leth òirleach thuice, agus an uair sin cairteal òirleach air ais a-steach. Rinn i sin trì tursan, leth òirleach eile a-mach, agus cairteal òirleach eile a-steach, gus an do dh'fhuasgail e mar sgian a' tighinn à ìm.

'Draoidheil,' thuirt an Griogalach.

On a bha Mìcheal Iain agus Iona Scott còmhla riutha co-dhiù ghabh iad an cothrom an latha sin fhèin còmhradh riutha. Cha b' e 'agallamh' a rinn iad mar sin, oir a bharrachd air facal Chonstabail Murdo cha robh aon adhbhar aca sin a dhèanamh fhathast. Agus bha iad gu math faiceallach nach saoileadh Mìcheal Iain no Iona gun robh iad fo amharas sam bith. Mar sin, roinn iad an obair eatarra.

''Eil teansa gun toir thu air chuairt mi tron eilean?' dh'fhaighnich DI Johnstone do Iona, fhad 's a thuirt DI MacGregor ri Michael Iain, 'Dè mu dheidhinn dram?'

Bha càr grinn aig Iona Scott. Seann Morris Minor Traveller. Dath an fheòir air latha brèagha samhraidh, le clàradh pearsanta. IS 53.

'Cheannaich mi aig roup e ann an Èireann,' thuirt

i. 'Dìreach mìle not. Bargan – ged a b' fheudar dhomh tòrr a dhèanamh ris. Thug e ùine, agus 's e an rud bu duilghe na pàirtean fhaighinn.'

'Cho àlainn 's a tha am fiodh,' thuirt NicIain.

'Rinn MacLeòid sin. Seumas, an saor. Bha an seann fhiodh a' grodadh.'

'Shaoileadh tu gun robh e ann bho thùs,' thuirt DI Johnstone.

'Shaoileadh,' thuirt Iona Scott. 'Shaoileadh.'

'A' bhràiste seo,' thuirt NicIain an ceann ùine. ''Eil càil a bheachd agad fhèin ciamar a chaidh a goid?'

'Chan eil,' fhreagair i gu sgiobalta. 'Well, tha mi ciallachadh gu bheil fhios agam – mar a tha fhios agad fhèin – gun deach am bogsa-glainne fhosgladh air dòigh air choreigin, agus gun deach a' bhràiste thogail às an t-sealladh. Tha fhios gur e cheist an e cuideigin – mar mise – aig an robh fios ciamar a bha am bogsa a' fosgladh, gun a bhristeadh, a rinn e? Air neo cuideigin a bha cho cliobhar 's gun do dh'obraich iad sin a-mach. Ged a tha sin doirbh a chreidsinn, oir bha an rud mar combination lock.'

''S eil càil a dh'fhios agad,' dh'fhaighnich an DI, 'cia mheud duine aig an robh fios ciamar a bha am bogsa a' fosgladh? A bharrachd ort fhèin.'

'Cò aig tha fios.'

Bha NicIain air a bhith fada gu leòr san dreuchd 'son fios a bhith aice leigeil le daoine bhith sàmhach a bharrachd air briathrach. Bha an ciont, no an neoichiont, anns an t-sàmchair a cheart cho math ris an fhuaim.

'Mi fhìn. Mìcheal Iain. MacNèill fhein. Am fear a

rinn am bogsa…'
''S eil fhios agad cò…'
'Chan eil. Rinnear e o chionn fhad' an t-saoghail. Anns an naoidheamh linn deug. Iùdhach air choreigin ann an Glaschu thuirt cuideigin rium.'
Chùm i oirre.
'Chan eil mi tuigsinn ciamar nach d' fhuair sibh fingerprints co-dhiù,' thuirt i.
'Bha sin an urra ri Constable MacDonald,' thuirt NicIain. 'Cha do rinn e sin. Bha am pròiseas caran leibideach. Chan eil mi smaointinn gu bheil e cho cleachte sin ri eucoir mar seo san àite.'
'Chan eil. Tha e caran annasach gun teagamh.'
Cha d' fhuair DI Johnstone mòran fiosrachaidh eile o Iona Scott ach gun robh a nàdar ag innse dhi nach robh gnothach sam bith aice ris. Nam feumadh i agallamh foirmeil a chumail rithe dh'fhaighnicheadh i dhith an uair sin na ceistean mionaideach mu dheidhinn càit an robh i an oidhche a chaidh a' bhràiste a ghoid. Oidhche Dhòmhnaich a bh' ann, eadar 10 uairean a dh'oidhche agus 9 uairean sa mhadainn – eadar na h-uairean a dh'fhàg Dolina agus a thàinig Mìcheal Iain sa mhadainn.
Cha d' fhuair DI MacGregor mòran fiosrachaidh a bharrachd fhad 's a ghabh e dram le Mìcheal Iain. Well, mòran fiosrachaidh mu bhràiste no mun eucoir co-dhiù, ged a dh'fhoghlam e mòran mu sheòladaireachd agus mu mhionach chàraichean. Cha bhiodh Mìcheal Iain ag òl, agus mar sin chaidh an dram beag a ghabh e caran gu cheann 's thòisich e seanchas mu bhràthair athar a sheòl na seachd cuantan agus a sheanair agus

a sheanair roimhe-san a bha air na bàtaichean-siùil timcheall Cape Horn agus an uair sin air na whalers an South Georgia. 'S mus tug DI MacGregor an aire bha Mìcheal Iain a' tarraing air na h-òrain. 'O, 's truagh nach do dh'fhuirich mi tioram air tìr, an fhìrinn a th' agam nach maraiche mi', ann an guth sèimh ìseal a bheireadh deòir gu sùil nan damh. Dh'fhàg an Griogalach e anns an taigh-sheinnse.

Choinnich DI Johnstone agus DI MacGregor an ciaradh an fheasgair.

'Well?' thuirt an dithis aca, ag osnaich.

'Dè a' Ghàidhlig a th' air Wild Goose Chase?' thuirt NicIain.

'A' sgaoileadh nan sguab 's a' trusadh nan siobhag?'

'Nach e do Ghàidhlig tha math.'

'Cainnt mo mhàthar, Gàidhlig Bharraigh,' thuirt e. 'Bha i às a seo.'

''S an aithnich i na daoine seo? Na suspects aig MacDonald tha mi ciallachadh.'

'Cuid dhiubh. Dh'fhòn mi thuice na bu tràithe. Thuirt i gun robh an fheadhainn a dh'ainmich mi – Mìcheal Iain, Dolina, Iona Scott, Ailig an Insurance – cho neoichiontach ris na h-eòin. Chan eil i eòlach air an fheadhainn eile.'

Bha iad sàmhach greis. Nan suidhe sa chàr, a' coimhead a-mach air na stuaghan a' bualadh an aghaidh nan creag. Bha esan a' feadaireachd, ise taidhpeadh rudeigin a-steach dhan fhòn-làimhe aice.

'A' bhràiste,' thuirt esan. 'Saoil cà' bheil i?'

Chùm ise oirre a' taidhpeadh.

'Sin a' cheist,' thuirt i. 'Sin carson a tha sinn an seo.

'Son a faighinn air ais.'

'An ann? Nach ann airson an neach a ghoid i a chur an grèim?'

'Cearc is ugh,' thuirt ise. 'Na dhà.'

''S e an rud,' thuirt esan, fhathast a' bruidhinn ris fhèin, 'Uaireannan lorgaidh tu an t-ugh mus faic thu a' chearc. Agus uaireannan eile chì thu a' chearc mus faigh thu an t-ugh.'

'Tha e nas fhasa a' chearc fhaighinn na 'n t-ugh.'

'A bheil?'

'Tha fhios gu bheil. Bidh a' chearc a' dèanamh fuaim. A' gogadaich 's a' flapail air feadh an àite. Bidh an t-ugh sàmhach.'

'Am bi? Nach tig isean cuideachd às an ugh, a' bìgeil 's a' ceilearadh fon chirc-ghuir?'

''Eil càil a bheachd agad ma-thà cò chearc no càit a bheil an t-ugh?'

''S dòcha nach e cearc a th' ann idir, ach coileach. Cìrean a' choilich air a' chirc. Dh'fhaodadh an t-ugh a bhith an àite sam bith a-nis. An seo no air taobh thall an t-saoghail. Ann am bùth pawn air choreigin, air dreasair chuideigin... ann am Bangkok, ann am Barraigh, anns an Ear Mheadhanaich, ann an Èirisgeigh...'

'Charity begins at home?' thuirt DI Johnstone. 'Gach coileach a' gairm air a shitig fhèin?'

'Hmm. Dè thuirt Father Ted a-rithist? 'These are small. But the ones out there are far away.' Am fear a bhios na thàmh cuiridh e 'n cat san teine.'

CAIBIDEIL 11

Alasdair is Sandra

DH'FHUIRICH DI JOHNSTONE agus DI MacGregor trì seachdainean air an eilean. Ceasnachadh o dhoras gu doras, neach às dèidh neach. Pàirt dhen adhbhar a b' fheudar fuireach b' e gun robh cuid dhen fheadhainn a bha fo amharas aig Constabal Murdo air falbh.

Bha Dr Lucy shìos ann an Oxford aig co-labhairt air choreigin. Sergio air a' bhaidhsagal anns na Hearadh a rèir Constable Matheson air an Tairbeart.

'An cuir mi fo ghrèim e?' dh'fhaighnich e do DI MacGregor nuair a dh'fhòn an DI suas a forfhais mu dheidhinn.

'Tha e shìos mu Ròghadal, agus cha toir e fada dhomh a chlabadh anns na ceallan mas e sin do thoil. Ach feumaidh adhbhar a bhith agam...'

'No no no no...' thuirt an Griogalach. 'Fàg an duine bochd. Gheibh mi facal air nuair a thig e dhachaigh. Thuirt thu gun robh e air an rathad gu deas?'

'Tha. Oh, tha. Chaidh mi fhìn seachad air an-dè a' dèanamh a shlighe deas à Manais.'

Agus bha Pavel a-muigh air bàt'-iasgaich 'son

seachdain. Dùil air ais ris oidhche Haoine.

Nuair a thill iad, cha robh fianais sam bith air a cheangal riuthasan a bharrachd. Bha an Dr Lucy le dearbhadh gun robh ise air tìr-mòr an oidhche thachair a' mhèirle. Bha Sergio san aon shuidheachadh. Air a bhith campadh ann an Uibhist a Tuath an oidhche, agus Pavel –

'Well,' mar a thuirt an Griogarach, 'sin duine nach goideadh boinne uisge anns an fhàsach. Bha mi bruidhinn ris 'son dà uair a thìde, agus tha moraltachd aige a tha dìreach smaoineachail. 'You only lose what you cling to,' thuirt e rium. 'And I cling to nothing.' Agus tha mi ga chreidsinn.'

Oir bha fhios aig an dà DI, mar a bha fhios aig Constabal Murdo, gun robh amannan ann far an robh na bha thu a' faireachdainn fada nas cudromaiche na am fiosrachadh a bh' agad.

'Sin mar a bhios na daoine naomh ag obrachadh,' thuirt Pavel ris. 'Aigne thairis acainn. Tha am pian – agus an toileachas – nad eanchainn agus chan ann nad chorp. Sin ciamar a thèid aca cadal air leabaidh thàirnean, no suidhe no seasamh gun chniod a ghluasad 'son bliadhnachan. Tha sinn uile cho bog an seo. Sgìth às dèidh beagan coiseachd. Acrach às dèidh ithe. Am pathadh oirnn às dèidh làn locha òl. 'Eil fhios agad, Inspeactar MacGregor, dè thuirt Buddha? "Tha boinne uisge gu leòr dhan duine air a bheil am pathadh."'

'Tha thu air aon rud fhàgail às,' thuirt DI Johnstone ris às dèidh beagan làithean.

'Dè tha sin?'

'Tìr-mòr.'

'Tìr-mòr?'

'Aidh, tìr-mòr. Nach eil thu air dìochuimhneachadh gu bheil e cheart cho coltach gur e strainnsear air choreigin a ghoid a' bhràiste a tha nis, mar a thuirt thu fhèin aig an toiseach, ann am Bangkok no aig na Barras…'

''S beag teansa,' thuirt an Griogalach. ''Eil thu air dìochuimhneachadh a' chiad leasan a dh'ionnsaich sinn sa cheàird seo?'

'Ma tha cuideigin air leigeil às, coimhead ri d' mhàs fhèin an toiseach.'

'Dè chanas iad? Wake up and smell the coffee. Or tea.'

'Chan eil thu…'

'Thachair na bu mhiosa. 'S dè th' ann co-dhiù ach rud ionadail. Chan e gu bheil duine sam bith air a bhith air a mhurt…'

'Aidh, ach… rule of law and all that. Thin edge of the wedge. Ma leigeas tu leis na sionnaich bheaga faighinn a-steach an ath rud bidh am madadh-allaidh fhèin aig an doras. Mura bheil earbs' againn anns an lagh agus luchd-làimhseachaidh an lagha, cha bhi earbs' againn ann an rud sam bith.'

'O, give over, Sandra.'

Stad an dithis aca. Bha e air a' chiad ainm aice a chleachdadh. 'Son a' chiad turas a-riamh ann an suidheachadh-obrach. Choimhead i air le iongnadh.

'Have you gone native or something?'

'Rudeigin mar sin. Agus thoir Alasdair orm.'

Sheas e, a' coimhead a-mach na h-uinneig. An Cuan

Siar na shiabann geal air fàire. A' ghainmheach gheal a' sèideadh anns a' ghaoith.

'Nach eil i àlainn,' thuirt e. 'An do mhothaich thu? No – nas fhaisg air an fhìrinn – an do mhothaich mise? Cha do mhothaich, Sandra. Chan eil ùine air a bhith agam. Ùine! Ha!'

Rinn e gàire.

'Dè mu dheidhinn a dhol airson cuairt? Mach às an àite seo. Null a Bhatarsaigh.'

Fhuair iad fasgadh air an Tràigh a Deas.

'Tuigidh mi h-uile rud a rinn e. A h-uile ceum a ghabh e. Agus carson?' thuirt e. 'Oir dhèanainn fhìn e. Tha mi ga dhèanamh. Do cheann ag ràdh aon rud, do chridhe rud eile. Dèan siud, dèan seo, dèan an ath rud. Lìon a-staigh am foirm seo, lean gach loidhne is riaghailt. 'S cò rinn na riaghailtean? Luchd-poilitigs. Chan e – luchd-poilitigs às leth an t-sluaigh. Slàint' is sàbhailteachd. Cùram cloinne. Còraichean bhoireannach. Co-ionannachd. Na cuir duine an grèim gun adhbhar, gun fhianais, gun neach-lagha. Dè bhios iad ag ràdh mu chruit? Pìos fearainn air a chuartachadh le riaghailtean? Agus an lagh? An aon rud. Tunna cuideam ann, gun ùnnsa gràdh. 'Eil fhios agad dè thuirt mo mhàthair rium turas? "Dèan math agus an uair sin dèan a-rithist e." Cha do dhìochuimhnich mi sin a-riamh. An t-àm agam a dhèanamh.'

Cha robh fhios aice dè bu chòir dhi dhèanamh. Ged a b' e DIS a bh' anns an dithis aca, bha esan na b' àirde dìreach ri linn seirbhis. 'S cha robh nòisean sam bith aice dha. No aigesan. Cha b' e sin an seòrsa suidheachadh a bha seo. Ach rudeigin annasach, letheach-slighe eadar duilgheadas proifeasanta agus pearsanta. Nam b' e pàiste a bh' ann chuireadh i a làmhan timcheall air, no shuathadh i a cheann, ged nach robh i cinnteach an robh sin fhèin ceadaichte san latha bh' ann.

'Tha thu sgìth,' thuirt i, an àite sin. 'Bu chòir dhut ùine ghabhail dheth.'

'Chan eil rud sam bith aon-fhillteach,' thuirt e mar fhreagairt. 'Seall air na stuaghan sin. Na sia bheaga 's an tè mhòr. Gnothaichean mòra fo thuinn, mar a chanadh iad. Thig mi ga fhaicinn sa mhadainn. An dithis againn, gu foirmeil.'

CAIBIDEIL 12

An Tionndadh

BHA MURDO DÈANAMH teatha nuair a thàinig na DIs a-steach.

'Teatha?' thuirt e ri NicIain.

'Mas e do thoil e,' thuirt ise.

'Cofaidh?' ris a' Ghriogalach.

'Mas e do thoil e,' thuirt esan.

'Nach sibh tha foirmeil,' thuirt Murdo. '"Aidh aidh," no "Uh-uh" bhiodh na bodaich ag ràdh.'

'Nach math nach e bodaich a th' annainn,' thuirt NicIain.

Bha iad sàmhach fhad 's a bha Murdo a' dèanamh na teatha agus an cofaidh. Trì mugaichean. Fear le I ♥ Lewis aige fhèin. Thug e fear gorm le ainm Rangers dhan Ghriogalach agus fear uaine le ainm Celtic do NicIain.

'Co-ionannachd,' thuirt e. 'Slàinte!'

Ghabh Murdo agus DI Johnstone balgam teatha ach cha deach an Griogalach faisg air a' chofaidh.

'Tha ceist no dhà againn,' thuirt e. 'Agus bu mhath leinn ar còmhradh a chlàradh, Constable

MacDonald. Tha fhios agad fhèin air a' phròiseas agus air na riaghailtean. Chan eil an seo an-dràsta ach ceasnachadh, ach ma tha thu airson gnothaichean a dhèanamh nas foirmeile tha làn chead agad, agus nì sinn sin.'

Choimhead e a-null air DI Johnstone.

'Carson nach fhàg sinn an clàradh às an-dràsta?' thuirt ise. 'Cha bhi seo, Constable MacDonald, ach dìreach còmhradh eadarainn – soilleireachadh eadar proifeasantaich. Eadar chàirdean, mar gum biodh.'

'Dallaibh oirbh,' thuirt Murdo. 'Cha bhi iolairean a' glacadh chuileagan. Mar a thuirt am bodach eile ri Dixon of Dock Green, "I've got nuffin to hide, Guv'nor!"'

'Chì sinn,' thuirt DI MacGregor.

Ghabh e balgam dhen chofaidh.

'Math,' thuirt e. 'Nis, a Mhurchaidh – am faod mi Murchadh a thoirt ort...'

'B' fheàrr leam Murdo,' thuirt Murdo. 'Glè mhath. Nis, Murdo, an toir thu dhuinn dealbh air d' obair an seo. Can air latha àbhaisteach – dè bhiodh tu ris?'

'Àbhaisteach?' thuirt Murdo. 'Àbhaisteach? A bheil a leithid a rud ann Inspeactar MacGregor?'

'Alasdair,' thuirt an Griogalach.

'Agus Sandra,' thuirt Sandra.

'Well, seo an rud Alasdair. Mar a bhios deagh fhios agad fhèin co-dhiù, chan eil a leithid a rud an seo ri 'Latha Àbhaisteach'. Gach latha eadar-dhealaichte, cho caochlaideach ris a' ghaoith. Aon latha bidh agam ri Seonaidh Eairdsidh a thoirt fo chùram, an ath latha bidh agam ri falbh gu Loch nam Madadh gu cùirt, an ath latha bidh agam ri gràisgean air choreigin a cheasnachadh mu dhrugaichean, an latha às dèidh sin bidh agam ri dèiligeadh ri tubaist-rathaid, no bidh boireannach bochd air bàsachadh na dachaigh 's feumaidh mi dèiligeadh ri sin... tuigidh tu fhèin Alasdair – agus Sandra – nach urrainn dhomh a' cheist bheag sin agad a fhreagairt le aon fhacal. Tha gach latha mar... mar Surprise! Sin e – Surprise. Iongnadh!'

Agus ghabh e balgam teatha.

''S an canadh tu,' dh'fhaighnich Sandra, 'gu bheil stress sam bith ceangailte ris an obair? A bheil e cus 'son aon duine?'

'Ah! Nis sin ceist a chàirdean,' thuirt Murdo. 'Agus tha mi faicinn cò às a tha sibh a' tighinn. Tha sibh dhen bheachd gun do thachair an rud a thachair ri linn stress, a bheil? Well, innsidh mise dhuibh mu dheidhinn stress: na boireannaich bhochd' a bha a' cutadh sgadain ann an Lowestoft – 's dòcha gum b' e sin stress? No mu Mhurdo an Tàilleir a chaidh a mharbhadh aig El Alamain? Ach seo? Tha barrachd stress ann a bhith a' cluich Scrabble le mo chousin na tha san obair seo. *Cheat* a th' ann co-dhiù, mo chousin. Chan fhuiling e call. Aig rud sam bith. Feumaidh e a' dhileag fhèin a' leigeal às ro dhuine sam bith eile. Forget it, a chàirdean, chan e sin a dh'adhbhraich na thachair.'

Bha an triùir aca sàmhach airson greis. Ach dh'fhaighnich Sandra a' cheist mhòr, shìmplidh.

'Agus dè thachair?'

Chrìochnaich Murdo an teatha, dh'èirich e agus chaidh e a-null gu preasa cùl an deasg'. Chaidh e sìos air a mhàgan, thog e oisean a' bhrat-ùrlair, fhuair e iuchair bheag agus dh'fhosgail e an drathair a b' ìsle. Chuir e air miotagan geala. Thug e a-mach pasgan agus thill e dhan t-sèithear aige fhèin. Dh'fhosgail e am pasgan gu slaodach agus thog e a-mach a' bhràiste òir.

'A' Bhràiste Òir,' thuirt e. 'Àlainn, eh? 'Eil fhios agaibh dè thuirt Alasdair Mòr na Grèige? Thubhairt seo – "gheibh òr a-steach thu dh'àite sam bith. Ach do nèamh."'

Shìn e a-null dhaibh. Gu Sandra an toiseach, agus an uair sin gu Alasdair. Bha an seud mu thrì òirlich a dh'fhaid 's a leud agus mu chòig òirlich timcheall. Chitheadh iad am faileasan fhèin anns a' mheatailt dheàrrsach os cionn suaicheantas Chloinn 'ic Nèill. Buaidh no Bàs.

'Na cuiribh corrag oirre, chàirdean. Fingerprints, fhios agaibh!' Ghluais e chathair beagan air adhart, nas fhaisg orra. 'Chan eil ceithir chasan a' fàgail rud na bheathach,' thuirt Murdo.

Choimhead iad air gus tomhas fhaighinn air a chiall.

'Tha fhios agad gur e eucoir a th' ann a bhith a' làimhseachadh gnothach a chaidh a ghoid?' thuirt DI MacGregor.

'Cò thuirt gun deach a ghoid?' thuirt Murdo.

'A' ciallachadh?'

'A' ciallachadh na leum gu co-dhùnaidhean, Detective Inspector MacGregor. Tha fhios a'm glè mhath dè bha sibh a' smaointinn. Gun do ghoid mise – Murdo Mhurchaidh 'ic Mhurchaidh Bhig – Constable Murdo John MacDonald – A' Bhràiste Òir luach nam mìltean mòra a bh' ann an Caisteal Chiosamuil o Linn Noah. Agus, gòrach 's gu bheil mi, 's ged nach do ràinig mi a-riamh àrd-ìre DI, agus bu mhòr am beud oir dh'fhaodainn a bhith a cheart cho math ri Sherlock Holmes fhèin, tha beachd agam cuideachd gun do dh'obraich thu mach, Alasdair, carson a rinn mi e. Am motive a bh' agam, mar a chanas iad air an telebhisean. Am buachaille na ghadaiche, eh?'

Cha tuirt Alasdair no Sandra càil. Ma tha duine bruidhinn leig leis snaidhmeanan a dhèanamh dhe fhèin. A' chiad riaghailt: leig leis a' ghloic fhèin e fhèin a chrochadh. An uair sin cha bhi duine ciontach ach e fhèin.

'Bha sibh dhen bheachd,' thuirt Constabal Murdo, 'gun do ghoid mis' e o chionn 's nach robh an còrr agam ri dhèanamh. Gun robh mi cho bored agus gun do sheat mi eucoir beag an-àirde 'son mi fhìn a chumail trang mar Inspeactar Rebus. O, tha fhios a'm glè mhath dè bha sibh a' smaointinn. Gun robh mi nam leth-chiallach cleas *Para Handy* air eilean *Whisky Galore*! Ma-thà, tha mi 'n dùil, a' phiseag à Ceòs! Gun dèanainn mystery beag dhomh fhìn 'son mo chumail a' dol. Siuthad, Inspeactar MacGregor, coimhead na mo shùilean agus can rium nach e sin an fhìrinn.'

Tha an duine seo beagan às a rian, smaoinich an Griogalach. Ged a bha an fhìrinn aige. Aonranas, 's dòcha. 'S dòcha gum fàgadh aonranas thu a' seòladh mar sgoth gun shiùil eadar gliocas is gòraiche. Nach e sin a thachair do Robinson Crusoe? Facts. Facts, thuirt e ris fhèin. Sin an aon rud tha cudromach.

'Càit agus ciamar a fhuair thu an seud seo?'

dh'fhaighnich e do Mhurdo.

'An seud sin?' thuirt Murdo. 'Chan fheàrr an seud na luach. Thàinig e às an Argyll Arcade ann an Glaschu. Thug mi ùine sin fhaighinn a-mach. Seud fuadan. Nach d' fhiach bonn-a-sia.'

'Cha b' fhiach a ghoid ma-thà. Constable MacDonald. Chan e gèam tha seo.'

'Nach e? Tha mise air a bhith a' dèilgeadh ris a' chùis seo 'son grunn bhliadhnachan a-nis, agus na can riumsa nach e gèam' a th' ann. Tha mi nas fhaisg air bonn a' ghnothaich a h-uile latha. Cha mhòr nach do mhill sibh am plana agam buileach glan le bhith leum a-steach an seo le ar brògan mòra tacaideach. Nach cuala sibh a-riamh an abairt *ca' canny*?'

Sheas e an-àirde agus chuir e an seud air ais gu faiceallach anns an drathair, ga glasadh agus a' stobadh na h-iuchrach na phòcaid.

'Slàn sàbhailte,' thuirt e. 'An tig sinn air chuairt? A-null dhan chaisteal.'

Lean iad e mach. An turas seo ghabh iad lioft bhuaithe. Ach an àite dhol dìreach dhan chaisteal chaidh Constabal Murdo cuairt timcheall an eilein. Siar gu sear.

'Feasgar nì mi e an taobh eile,' thuirt e. 'Sear gu siar. Cover all bases.'

Stad e aig taigh beag grinn geal shuas faisg air oir a' chladaich.

'Fuirichibh sibhse an seo sa chàr,' thuirt e ris an dà DI. 'Tha mi dol a dh'fhaicinn ciamar tha Iain agus Seònaid. Chan eil mi ag iarraidh gun cuir sibhse eagal orra.'

Bha e staigh san taigh 'son uair a thìde.

'Duilich,' thuirt e riutha nuair a thill e. 'Cha robh Seònaid gu math agus b' fheudar dhomh dèiligeadh ri Iain. Bha e ann am beagan de staid. 'S ann a shaoileadh tu gur e neach-cùraim a th' annam seach poileas! Ruithinn air bàrr an uisge dhaibh ge-tà, nam b' urrainn dhomh.'

An ceann leth-mhìle eile bha càr an dìg an rathaid.

'Tourist air choreigin,' thuirt Murdo. 'Chan urrainn dhaibh rebhearsadh.'

Chaidh an triùir aca a-mach a thoirt cobhair.

'Ho-ho,' thuirt Murdo ris an dà DI fo anail, 'Fàileadh an ruma mura bheil mi air mo mhealladh. El Dorado.'

Seann bhoireannach a bha a' dràibheadh, 's ged nach robh i air a dalladh bha smùid oirre. Thug Murdo am poca a-mach, agus bhiodh greis mus faigheadh i air cùl cuibhle a-rithist nuair a thigeadh an latha. B' fheudar dhaibh le sin dràibheadh air ais chun an stèisein 'son eucoir na caillich a dhearbhadh leis an dara poca agus sin a chlàradh gu h-oifigeil 'son latha na cùirt.

'An t-àm 'son grèim-bidhe,' thuirt Murdo. ''N dèan stiùbh a' chùis? Rinn mi an-dè e, ach bidh e nas fheàrr buileach an dàrna latha. Mar an guga fhèin. Agus tha pacaid Smash agam 'son dhol còmhla ris. O, agus paidh ubhail is custard 'son pudding.'

Às dèidh na diathaid chùm iad orra air a' chuairt a stad a' chailleach. Bha e gun dàil sam bith eile, ach gum b' fheudar dhaibh stad greis aig a' phort-adhair chionn 's gun robh ceist air choreigin mu dheidhinn passport ri shoilleireachadh. Chan e gu feumadh am balach passport 'son falbh no tilleadh a Bharraigh, ach gun robh e dol air adhart dhan Ear-mheadhanaich gu obair na h-ola, agus bha feum aige, ann an cabhaig, air làmh-sgrìobhaidh ùghdarrail 'son faighinn tro chustoms ann an Lunnainn. Agus dè a b' fheàrr na an t-ainm aig Constable Murdo John MacDonald.

Mu dheireadh thall, choinnich iad ri Mìcheal Iain a thug a-null dhan chaisteal iad.

'Fàg an seo sinn,' thuirt Constabal Murdo. 'Agus till air ais air ar son an ceann uair a thìde.'

'Aidh aidh, Sir,' thuirt Mìcheal Iain, gun an salute.

Chaidh iad a-steach gu seòmar na bràiste. Bha grian an fheasgair a' dòrtadh tron uinneig bhig. Sliseag solais a' soillseachadh anns an dorchadas. A' gluasad tiotan gach dàrnacha mionaid. Cha robh san àite ach an triùir aca. Cha robh diog ri chluinntinn ach sluaisreadh socair na mara gu h-ìseal. Choisich Murdo a-null chun na sgeilpe-cloiche far an robh am bogsa-glainne na laighe. Thog e am bogsa agus shìn e null e gu DI MacGregor.

'Fosgail sin,' thuirt e.

Dh'fheuch an Griogalach ri cuimhneachadh na rinn Iona Scott. Leth-òirleach thuice, cairteal-òirleach a-steach. Trì tursan. Cairteal-òirleach a-mach agus cairteal-òirleach a steach. Cha do ghluais a' ghlainne.

'Cùm ort,' thuirt Murdo ris. 'Tha e mar Rubik's Cube. Gèam math. Cuiridh e craict' thu.'

Dh'fheuch e turas agus turas eile. Mu dheireadh thall, shìn e a-null gu DI Johnstone e. Rinn ise an aon oidhirp ach cha do rinn ise a' chùis a bharrachd.

'Dh'obraich fear-saidheans a-mach dhomh dè an teansa gum fosgladh am bogsa-glainne mar thurachartas,' thuirt PC Murdo. 'The odds? Èist ri seo, five million to one. Fat chance, eh?'

Chuir e am bogsa-glainne air ais air an sgeilp.

'Mar sin,' thuirt e, mar gum b' e Hercule Poirot a bh' ann, 'feumaidh gur e cuideigin aig an robh fios air a' chòd a dh'fhosgail e sa chiad àite. Agus tha àireamh nan daoine sin rin cunntadh air aon làimh.'

'Nach ann agad a tha an làmh àraid,' thuirt an Griogalach. 'Dùil a'm gun robh seachdnar agad fo amharas?'

'Sgadan dearg, a dhuine. Always lay a false trail to catch the real thief. Is fheàrr a' chlach gharbh air am faighear rudeigin na chlach mhìn air nach faighear dad idir. Sin a dh'ionnsaich mi o Inspeactar MacRath. Dìreach aon duine a rinn e. Aon duine.'

Dh'fhuirich an dithis eile sàmhach feuch 's dè chanadh e. Cò?

''S cha b' ann an-diugh no an-dè no a' bhon-dè, no an t-seachdain-sa chaidh no am-bliadhna no an-uiridh a thachair e, ach còig bliadhn' air ais. Air Oidhche Shamhna.'

Shuidh e air an t-sèithear a bh' ann an oisean an t-seòmair. Cha robh ann ach an aon chathair. Chomharraich e dhan dà DI suidhe cuideachd. Shuidh iadsan air a bheulaibh air an ùrlar-cloiche aig a chasan mar chlann-sgoile.

'Mhothaich mi an làrna-mhàireach. Bha mi air chuairt còmhla ris na sgoilearan, gan cumail sàbhailt'. Agus sheas mi thall an sin mar bu dual, a' coimhead air a' bhràiste òir còmhla ris an fheadhainn bheaga. Bha mi cho eòlach oirre – cò aig tha brath cia mheud turas a bha mi air coimhead oirre anns an fhichead bliadhna bha mi an seo. Agus bidh fhios agaib' fhèin – às dèidh greis fàsaidh tu cho cleachdte ri rud 's nach eil thu ga fhaicinn tuilleadh. Mar a' ghaoth 's an t-uisge an seo – tha sinne cho cleachdte ris a-nis nach eil e a' cur uimhreachd sam bith oirnn. Làithean, cha chumadh an rìgh fhèin snaoisean ris a' ghaoith. Cha chumadh. Ach muinntir nam meadhanan agus Cal Mac! Oiteag gaoithe agus shaoileadh tu gun robh an saoghal a' tighinn gu ceann. Chan ann mar na seann làithean 's an Loch Mòr nuair a sheoladh MacLeod ann a Force 12! Co-dhiù, dè bha mi 'g ràdh?'

Chuir e làmh na phòcaid agus thug e a-mach a phìob.

''Eil e ceart gu leòr ma ghabhas mi smoc?'

'Chan eil mi faicinn soidhne ag ràdh nach fhaod,' thuirt NicIain.

Las e phìob. Ceò a sheanar ga chuartachadh.

'Ach a' mhadainn ud bha rudeigin annasach mun bhràiste. Shaoil mi an toiseach gun robh an latha beagan nas duirche nan àbhaist, oir cha robh i deàrrsadh buileach cho òr-bhuidhe 's an àbhaist. Agus an uair sin mhothaich mi e. An stràc. Cha robh stràc ann, a chàirdean. Far am b' àbhaist *Buaidh no Bàs* bha a-nis dìreach *Buaidh no Bas*. Bha an stràc throm air falbh. A grave situation, my dear friends.'

Ghabh e sùghadh mòr dhen phìob cleas Sherlock.

'Nise, do dhuine nach robh mothachail mionaideach – agus do dhuine sam bith aig nach robh a' Ghàidhlig – cha bhiodh iad air toirt an aire. Ach thuig mise sa mhionaid uarach gur e bràiste ùr a bha far comhair fon ghlainne. Gun robh cuideigin air falbh leis an t-seann tè agus air tè ùr fhuadan a chur na h-àite. Cha b' e seudair a bh' annamsa, ged a tha mi air tòrr ionnsachadh mu sheudan on uair sin, ach bha e follaiseach gun robh rudeigin tana ùr mun mheatailt an àite an doimhneachd òir ris an robh mi cho cleachdte. Oir chan ionann buidhe is òr.'

Sheas e rithist.

'Bha sin còig bliadhn' air ais, agus tha mi air m' ùine a chur seachad on uair sin feuchainn ri fuasgladh fhaighinn air a' chùis. Mu dheireadh thall, o chionn bliadhna, stiùir an slighe mi gu Mr Stein anns an Argyll Arcade. Bidh mo chousin Torcuil a' dèanamh business leis an-dràst' 's a-rithist. Cunntasachd. Bha e dol tro sheann receipts dha. Na gnothaichean a fhuair e, chàirdean! Agus dhearbh Maighstir Stein – tro chuideachadh le beagan airgid o mo phòcaid fhìn – oir cluinnidh am bodhar fuaim an airgid – gun do rinn e gu dearbh bràiste ùr dhen t-seòrsa sin o chionn còig bliadhna a-nis.

'Chaidh innse dhòmhsa,' ars esan, 'gur e duais ùr a bh' ann airson a' Mhòid.'

'Agus dè na chosg i a dèanamh?' dh'fhaighnich mi dha. Agus an dèidh sporghail timcheall ann am preasa 'son greis sheall e an receipt ceart dhomh. £80. Sin luach na bràiste fuadain sin a chàirdean.'

''S eil fhios aige cò cheannaich a' bhràiste ùr?' dh'fhaighnich an Griogalach. ''S an do dh'fhaighnich thu dha am fac' e an seann bhràiste? An tè cheart.'

Choimhead Murdo air gu sòlamaichte.
'Dh'fhaighnich a bhalaich. Dh'fhaighnich.'
'Agus?'
'Agus cha robh fhios aige. Gille òg air choreigin. Fear bàn, mu aois 18 no 20. Agus chan fhac' e bràiste dhe leithid a-riamh roimhe na bheatha. Rinn e am fear ùr dìreach bho dhealbh camara a thug am balach dha. Is iomadh rud a tha am bùth a' mharsanta nach eil leis fhèin, mar a tha fhios agaibh.'

'Agus sin far an do chrìochnaich an triall,' thuirt Constabal Murdo. Chuir e chorrag ri cheann. 'Ach cha do chrìochnaich an seo. Mo cheann ag obair latha is oidhche mar bheairt-fhighe. Clickety-clack, mar a sheinn Na Lochies. Ag èisteachd. A' cluinntinn. A' faicinn. Mar an iolaire os cionn Beinn Mhic a' Phì. Gus an do cho-dhùin mi mu dhà mhìos air ais spionnadh às ùr a thoirt dhan ghnothaich. A' bhràiste ùr fhuadan a ghluasad feuch 's an toireadh sin fianais ùr sam bith eile am follais. B' e mo dhòchas gun dùisgeadh a' mhèirle ùr cuimhne is eagal anns an neach a ghoid an tè cheart, 's gun dèanadh iad bìgeil air choreigin a-mach às an dorchadas anns a bheil iad, mar luchag air chùl preasa. Ach cuimhnichibh seo, a chàirdean. Ged a bhiodh tu beò mìle bliadhna agus Einstein air aon taobh dhìot agus Sherlock Holmes air an taobh eile chan fhaigheadh tu fianais gu leòr gu bràth co-dhiù. Oir chan eil aon rud anns a' chruinne-chè a tha cinnteach. Chan e fianais a nì fìrinn. Aig a' cheann-thall feumaidh tu taghadh a dhèanamh. Co-dhùnadh air choreigin. Ceart no ceàrr, math no dona, do roghainn fhèin. Cò rinn e? Sin a' cheist.'

Bha aon rud a' cur dragh air na DIS. Ciamar a ghluais – a ghoid – Constable Murdo a' bhràiste ùr a bha cheart cho glaiste ris a' chiad bhràiste.

'Ciamar a dh'fhosgail thu am bogsa-glainne?' dh'fhaighnich an Griogalach.

'Dh'fhosgail e fhèin dhomh e,' thuirt Murdo. 'Nuair bha e aig baile as t-samhradh. Ruairidh Beag. Duine gasta. Gàidhlig aige cuideachd.'

''S a bheil fhios aigesan gur e bràiste fhuadan a bha sa bhogsa o chionn còig bliadhna? A rèir do sgeòil co-dhiù?'

'Tha. Bu chòir fios a bhith aig a' cheann-cinnidh air a h-uile nì. *Buaidh no Bàs* – cuimhnichibh.'

'Co-dhiù,' arsa Murdo an uair sin, 'tha latha fada air a bhith againn. An t-àm a dhol dhachaigh 'son norrag.'

CAIBIDEIL 13

Fàgail Bharraigh

''EIL THU GA chreidsinn?' thuirt Sandra ri Alasdair an ath latha.
    Ghluais a ghuailnean.
    'Chan eil fhios a'm. Doirbh a ràdh, nach eil? Caran far-fetched, eh?'
    'Well, 's iomadh turas a bha an fhìrinn dubh agus a' bhreug geal.'
    'Hmm.'
    'Ach 's e an rud, carson a tha 'n triall a ghabh e cho annasach? Ma mhothaich e sa chiad àite, mar a tha e ag ràdh, còig bliadhna air ais gun deach a' bhràiste a-mach à sealladh carson nach deach e tron phròiseas àbhaisteach? An rud a chlàradh agus an CID a ghairm a-steach an uair sin fhèin?'
    'A chionn 's nach e duine àbhaisteach a th' ann?' thuirt Sandra. 'Ann an suidheachadh mi-àbhaisteach.'
    'Oir tha leisgeul aig gach duine. Chan eil teagamh nach fhaodamaid a chur fo ghrèim airson goid agus fiaradh ceartais. A' cleith fianais – an e sin a chanadh tu ri obstructing the course of justice?'

'Uaireannan feumaidh tu dhol timcheall rathad fada cearbach 'son faighinn gu ceann-uidhe. Nach robh thu fhèin fo sgàil 'son greis? A' leigeil ort gur e hippy a bh' annad an lùib CND agus Friends of the Earth?'

'Thàinig math às,' thuirt an Griogalach.

'An dearbh rud a chanadh PC Murdo cuideachd.'

'An diofar ge-tà. Bha cead agamsa. Ùghdarras slàn oifigeil o na h-urracha mòra. Bhon Chief fhèin, MacIlleDhuibh. Tha fhios agad fhèin nach urrainn an saoghal gluasad gun chead sgrìobhte bhuaithe-san. Mas fhìor. Ach tha Constabal MacDonald a' dèanamh na thogras e, a rèir a thoil.'

'Nach fhuiling Alasdair? Nach eil sinn uile dèanamh sin? Inns thusa dhòmhsa aon neach a tha dèanamh a h-uile rud mar bu chòir. Dìreach, soilleir, cinnteach a rèir nan riaghailtean. Agus ma-thà, cha bhi iad gu mòran feum. 'S iomadh soitheach a chaidh air na creagan a' seòladh dìreach seach a rèir na gaoith' agus na fairge.'

Bha e sàmhach. Bha i a' cur na chuimhne am ministear a b' fheudar dha fhulang na òige an Inbhir Nis a' ceangal shnaidhmeanan timcheall dhaoine le argamaidean toinnte mu dheidhinn lagh agus gràs. Mar gun robh iad an aghaidh a chèile. Gus an tuirt a ministeir fhèin ris, 'A bhròinein, tha an dithis sin mar na bràithrean as dlùithe. Chan eil anns an lagh ach doras gràis. Nuair thig gràs a-steach, thèid an lagh a-mach.'

'Tha seo a' ciallachadh,' thuirt e, 'gu feum sinn a dhol a dh'fhaicinn MhicNèill fhèin cuideachd. 'S dòcha gur e esan a ghoid i sa chiad àite?'

'Carson a ghoideadh e rud a bhuineadh dha fhèin co-dhiù?'

'Am buineadh? Nach buineadh i dhan chinneadh? Dhan phoball? Agus – a bharrachd air teachd-a-steach turasachd dè b' fhiach i co-dhiù glaiste an sin fo ghlainne? Nuair a dh'fhaodadh e reic aig Sotheby's no 'n àiteigin 'son na milleanan? Ach nam biodh sin air tachairt bhiodh an saoghal mòr air cluinntinn mu dheidhinn. Nach eil an Chief againn fhèin daonnan a' sgrùdadh nan irisean aca 'son bargain fhaighinn dha fhèin. An t-amadan esan.'

'O nach tu tha searbh Alasdair. Cynical. Dè tha ceàrr ort?'

'Chan eil mi cinnteach a bheil mi creidsinn anns an dreuchd tuilleadh. 'S dòcha gu bheil Constable MacDonald ceart. Adventure beag a dhèanamh dheth. Gèam. Mar tiog. Aon dhà trì, tiog you're it!'

'Fàg aige e ma-thà.'

Choimhead e oirre mar gun robh e air rudeigin a chluinntinn 'son a' chiad uair a-riamh. Rinn e gàire.

'Sin e. Sin an dearbh rud a nì mi. Mar Phìleat, glanaidh mi mo làmhan dheth uile. Lìonaidh mi foirm grod air choreigin mar aithris chun an Chief ag ràdh gu bheil Constable Murdo MacDonald a' rannsachadh na ceist agus gu bheil làn earbsa agam gun dèan e a' chùis gu cothromach agus ceart. Dèanadh e na thogras e.'

Chaidh e air a' fòn a dh'òrdachadh thiogaidean 'son a' phlèan feasgar. Bha. Bha suidheachain fhathast air fhàgail.

'Tapadh leibh. No worries,' thuirt e ri ge brith cò bha air ceann eile a' fòn. Thog e an còta Crombie aige, thug e mach flasg beag às a' phòcaid staigh.

'Dram?' dh'fhaighnich e do Shandra.

Chrath i ceann. Ghabh e slugan tapaidh 's thuirt e, 'Buaidh no bàs a Mhurchaidh. Slàinte!'

CAIBIDEIL 14

Aisling

CHA DO CHUIR e Murdo suas no sìos gun do dh'fhalbh iad. B' e faochadh a bh' ann ann an dòigh, oir cha bhiodh aige ri ùine a chosg riutha 's cha bhiodh aige ri e fhèin a mhìneachadh dhaibh. Ged a chual' iad an ceòl, cha do thuig iad am port. Ach bhiodh e gan ionndrainn cuideachd, oir tha e daonnan math bristeadh a-mach às an àbhaist. Bruidhinn.

B' e adhartas a bh' ann gun tàinig iad, oir bha e air cothrom a thoirt dha fhèin cùisean a shoilleireachadh. Oir uaireannan cha thuig duine dè thachair gus am bruidhinn e mach e, 's cha thuig e dè tha roimhe gus am faic e dè th' air a' chùlaibh.

'S dè th' air mo chùlaibh, smaoinich Murdo. Ah, a Thì bheannaichte càit an tòisich mi. Bhiodh a sheanair a' cur a-mach na loidhne.

Tha cuid ag earbs' à carbadan,
is cuid à eich tha àrd';
Ach ainm an Tighearna ar Dia
cuimhnichidh sinn 's gach àit.

Làithean sona. Làithean geala. Làithean duilich dorcha cuideachd, nuair a chaidh athair a bhàthadh a-muigh aig a' phort.

'Nam biodh e air èisteachd rium,' thuirt a sheanair. 'Nam biodh e air èisteachd rium.'

'S e fhèin? Cha robh e air dèanamh cho dona sin. A dh'aindeoin rabhaidhean a mhàthar.

'Cha dèan thu càil dheth, Murdo. Na dòighean slaodach a tha sin agad. Och, nam biodh d' athair beò dhèanadh e duine dhìot.'

Ach cha robh, agus mar sin b' fheudar dha duine dhèanamh dheth fhèin. An sgoil fhàgail aig sia-deug agus ceàird a thoirt a-mach an toiseach. Saoirsneachd. Ghabh e comhairle a mhàthar mun sin gun teagamh.

''S fheàrr rudeigin a bhith air do chùl Murdo. Dreuchd a nì a' chùis dhut mura h-obraich rudan eile mach. Daoine an-còmhnaidh ag iarraidh taighean a chàradh no thogail. Gabh ris an t-saoirsneachd a bhalaich, ma tha tùr sam bith nad cheann.'

Bha agus ghabh. Agus chòrd e glè mhath ris cuideachd, ged nach robh ceann sam bith aige airson nan àirdean. An rud bu lugha leis a' dìreadh suas air na sailthean no sglèatadh far an robh cunnart mionaid sam bith gun tuiteadh e cochall a' chinn gu talamh nach robh cho tròcaireach sin. Ach chrìochnaich e an apprenticeship co-dhiù agus fhuair e teisteanas ged nach do chleachd e a' cheàird a-riamh a bharrachd air a bhith cur sgeilp bhrèagha ùr suas san oifis an-dràst' 's a-rithist.

Bha an dreuchd anns an robh e air a bhith glè mhath

ann an iomadh dòigh. Stèidhichte am baile mòr Inbhir Nis 'son greis an toiseach ceart gu leòr, ach an uair sin a-muigh air an tuath ann an coimhearsnachdan beaga Gàidhealach. Far an d' fhuair e urram 's e air a mheas mar phàirt chudromach dhen choimhearsnachd. Na ceithir puist air an deach an dùthaich bheannaichte seo a thogail. Am ministear, am maighstir-sgoile, an dotair agus am poileasman. Nam biodh an aon urram air a shealltainn fhathast cha bhiodh an dùthaich anns an staid sa bheil i.

'An searmon, an strap, an steatascop agus an sgailc – na ceithir rudan a tha cumail na dùthcha seo slàn agus fallain,' mar a thuirt Inspeactar MacRath ris na òige.

Agus na gràisg a bha an Inbhir Nis! Cuimhn' aige coiseachd sìos Sràid Acadamaidh na làn-èideadh 's e luasganaich an truncheon aige air ais 's air adhart gu neoichiontach agus na donais sin bho sgìre na h-aiseig – iad cho bragail 's gun robh 'We're fae the Ferry', aca sgrìobhte air an lèintean – ag èigheach às a dhèidh,

'Here comes PC Plod.
Goes to the toilet,
plip plip plop.'

'S nuair a ruitheadh e às an dèidh dh'fhalbhadh iad mar na rodain sìos na clobhsaichean, a' nochdadh air a bheulaibh an ceann ùine ag èigheach:

'PC Murdo,
solving a murder,

but all he found
was a big smelly turdo.'

Na blaigeardan salach.
Ùine bhon uair sin ge-tà. Ùine mhor. Dè bh' annta ach clann. Clann bhochd' ag èigheach a-mach às a' bhochdainn. Cho neoichiontach nan dòighean. 'Sticks and stones may break my bones, but names will never hurt me'. Mas fhìor. Oir chan eil càil cho goirt ri faclan. *Murdo the Turdo* sgrìobh iad air a' bhàn aige. Cha thachradh a leithid an-diugh. Cha thachradh. Nas buailtiche sgian fhaighinn nad mhionach a-nis no snàthad an cùl d' amhaich.

Ged bha esan clìoras a h-uile cunnart sin o chionn fhada. 'S gun mòran ùine air fhàgail. Dè bh' ann a-nis? Choimhead Murdo air a' mhìosachan. Ùine bheag agus sin e. 35 years' service. Saoil am faigheadh e uaireadair òir? Ma-thà, tha mi 'n dùil. Taing is breab san tòin 's a-mach à seo. Ged nach robh gearain aige. Bhiodh am peinnsean ceart gu leòr. Bhitheadh. Bhitheadh gu dearbh. Rachadh e dhan Antarctic. Sin far an robh e a-riamh ag iarraidh a dhol on chiad latha leugh e mu na cuairtean aig Captain Scott agus Roald Amundsen. Sin gaisgich a-nis dhut, 's chan e na gràisgein buill-coise sin a bha faighinn an dearg fhortan 'son ruith às dèidh ball cruinn air an telebhisean. Agus Captain Oates bochd, a ghabh cuairt 's nach do thill. *I may be gone some time.*

'Nuair a chuireas mi mo bhàt' air acair,' thuirt Constabal Murdo, 'tha mi dol a dh'fhàgail nota air an deasg agam ag ràdh an dearbh rud. 'I am just going outside and may be some time.'

Cha robh e a-riamh a' tuigsinn nan daoine sin a bhiodh a' sireadh na grèine seach an fhuachd. Bha constabal eile air a bhith còmhla ris – Constable Sullivan – agus nuair a leig esan dheth a dhreuchd o chionn còig bliadhna, fhios agad dè rinn e? Thog e fhèin agus a bhean orra gu Majorca. Chan ann airson cola-deug no mìos a bharrachd, ach for good. Bha a' chlann air fàs suas agus reic iad a h-uile rud a bh' aca agus thog iad orra dhan ghrèin. Àite ris an canadh iad Puerto Pollensa. Bhiodh iad a' cur cairt Nollaig thuige h-uile bliadhna, ag innse dha cho math 's a bha an aimsir agus mu na caraidean expat a bh' aca, ach leughadh Murdo tiamhaidheachd agus cianalas eadar na loidhnichean, agus làn fhios aige gum biodh an Suileabhanach fada na bu thoilichte le slat-iasgaich air Abhainn Nis. Ach bha i fhèin ri toileachadh. Agus b' e sin cor an t-saoghail, nach b' e?

Ach cha robh an sin ach rudan a dh'fhalbh. B' e na làithean a bha roimhe – na làithean a bh' air fhàgail – a bha prìseil. Na sia mìosan a bha roimhe. Cha robh gealladh air a' chòrr. Cha robh gealladh air a sin fhèin. Oir cha robh e a' faireachdainn gu math. Rud nach dèanadh diofar sam bith sna seann làithean. Dh'fheumadh tu gabhail ris. A' mhòine bhuain no bhiodh tu air chrith san fhuachd 's san uisge fad a' gheamhraidh. An coirce agus an t-arbhar a chur. An t-uisge a thoirt às an tobar. An sgadan a thoirt dhachaigh on chuan. Cumail ort ge brith dè. Mura b' e dòchas, bhriseadh an cridhe.

Dè bh' air co-dhiù ach cnatan. Dìreach amhach

ghoirt is beagan de thùchadh ach a dh'aindeoin gach Lemsip a ghabh e cha robh e fàs nas fheàrr. 'S b' fheudar dha dhol a dh'fhaicinn an dotair. Rud nach robh e ag iarraidh.

'Cheart cho math dhut a dhol a dh'fhaicinn lighiche nam beathaichean na an dotair sin fhaicinn,' bhiodh a sheanair ag ràdh, agus a dh'aindeoin 's gun robh sin còrr is leth-cheud bliadhna air ais ann an làithean eile, cha do thilg Murdo a-riamh a bheachd sin dheth. Cha robh air cùl sin ach cuimhn' a sheanar air na seann làithean roimhe sin nuair a dh'fheumadh daoine pàigheadh 'son an dotair. Dh'fheumadh tu da-rìribh a bhith a' bàsachadh sna làithean sin mus cuireadh tu dragh air an lighiche.

Ach na làithean seo? Cha robh aca ach cnatan fhaighinn ach siud iad an cùl ambulans nan ruith chun an dotair. Chan e nach b' e deagh rud a bh' anns an National Health Service. O, Thì bheannaichte, cha robh càil coltach ris – pàistean beaga air am breith ann an ospadalan geala glana agus seann daoine faighinn cùram nan ainglean anns na làithean mu dheireadh. Ach air dòigheigin bha am beachd seo ceangailte ri Murdo – gur ann airson nan daoine laga a bha an dotair agus nach b' ann airson nan daoine làidir. Na daoine foghainteach treun, mar esan. Nuair a smaoinicheadh e air! An cuideam a thilgeadh e na òige. Turas aig Geamaichean an eilein, thilg e an t-òrd mòr còrr air 120 troigh. Ground record a bha seasamh fhathast.

Thuirt an dotair ris sgur a smocadh ach a bhrònag bheannaichte mura biodh pìob aige cha b' fhiach a bhith beò. Agus co-dhiù, ciamar a bha na bodaich ud eile beò gu sìorraidh 's iad uile nan suidhe an sin am Pàrlamaid Hiort le ceò a' taomadh asta? Cha do rinn e a-riamh cron orrasan no air cuid dhe na cailleachan a bhiodh a' cagnadh am Black Twist gun sgur.

Thug i dha cungaidhean-leighis. Pileachan beaga gorma a bha ga fhàgail car tuainealach. Cadalach feasgar 's na leth-dhùisg cuid mhath dhen oidhche. Bruadairean dathach aige tron oidhche nach robh air a bhith aige bhon a bha e beag. Dhùisgeadh e 's e ochd bliadhna dh'aois a' cluinntinn each a' sitrich fad às. Dè bh' ann ach exhaust càr a' strì ri bruthach. B' àbhaist gnothaichean a bhith cho sìmplidh. Aon rud a' tachairt na àm fhèin. Seach a nis, 's a h-uile rud a' tachairt aig an aon àm, còmhla. Dh'fheumadh e an saoghal a shocrachadh. Rudan fhaicinn nan aonar mus cuireadh e còmhla iad. Mar jigsaw. Rinn e cùrsa-trèanaidh air foill turas aig a' bhanca, agus dh'ionnsaich e gun robh thu ag aithneachadh airgead fuadan le bhith cho eòlach air an airgead cheart 's gum mothaicheach tu an rud ceàrr sa bhad. Bha e dol bho A gu B, agus chan ann bho B gu A. Fìrinn gu breug, seach an taobh eile mun cuairt.

Aon oidhche dhùisg e aig trì uairean sa mhadainn 's làn-fhios aige cò rinn a' mheirle. Chunnaic e i a' fàgail na dachaigh fo sholas na gealaich agus a' gabhail taobh a' chladaich. Air cùl nan creagan chuir i oirre deise-snàmh na doimhneachd agus shnàmh i mach gu làidir chun a' chaisteil. Chuir i miotagan dubha oirre. Suas leatha gu sgiobalta air na creagan agus a-steach dhan t-seòmar a bha laiste le solas an fhiosrachaidh. A-null chun a' bhogsa-glainne, ga ghluasad a-mach agus a-steach grunn thursan. Thog i a' bhràiste òir a-mach às a' bhogsa agus phaisg i i ann an neapraig a chuir i ann am pòcaid na deise. Agus a-mach leatha dhachaigh.

Chunnaic e ann an dealbhan an rud air an robh fios aige. Bha an aisling a' fuaigheal còmhla diofar shnàithleanan beaga a bha air a bhith air an leigeil ma sgaoil gun fhiosta thar nam bliadhnachan. Gealach. Cladach. Creagan. Snàmh. Miotagan. Solas. Mèirle. Dhachaigh.

Dh'fheumadh e dà rud a dhèanamh. Dhol ga faicinn. Agus a dhol a dh'fhaicinn a h-uile neach eile cuideachd. Aon airson aideachadh agus an còrr airson aithreachas. Oir bha aithreachas air.

CAIBIDEIL 15

Aithreachas

'S GANN GUM faca duine a-riamh Murdo a-mach às an èideadh-phoileis aige.

'Feuma gu bheil e cadal ann,' chanadh cuid, ged a chunnaic gu leòr e an-dràsta 's a-rithist anns na 'civies' aige. Anns an eaglais, agus cuideachd nuair a dh'fhalbhadh e air saor-làithean gu tìr-mòr, ach dìreach gun robh daoine cho cleachdte ri fhaicinn na dheise-poileis gun robh iad a' faicinn sin air fiù 's nuair nach robh.

Ged a bha e na bu doimhne na sin cuideachd, oir coltach ri sagart no ministear no maighstir-sgoile no eile, tha e cho doirbh am faicinn saor bhon an dreuchd. Bhiodh Maighstir Uilleam an sagart gu tric a' dol timcheall ann an dungarees no le bòtannan mòra is oillsgean le cho titheach 's a bha e air iasgach, ach na dheoghaidh sin b' e sagart a bh' ann air muir no air tìr. Cha robh aon duine ga cheangal ris an altair, mar gum biodh, ach làn fhios gun robh e na dhreuchd nuair a bhiodh e a' buain a' bhuntàta dìreach mar a bha e nuair a bhiodh e a' sìneadh seachad na comain. Mar sin le Murdo. PC Murdo. Bha e na phoileasman na dhùsgadh 's na chadal.

Thug sin neart dha. Bha e na phoileas na dhùsgadh 's na chadal. Na làn-èideadh no rùisgte. Cha b' e an t-èideadh a bha toirt cumhachd dha, ach a phearsa fhèin. Ma bha spèis aig daoine dha bha cumhachd aige. Mura robh, cha robh. Cha dèanadh èideadh rìgh diofar dhut ma bha thu rùisgte, mar anns an t-seann sgeul. Thigeadh e gam faicinn na aodach làitheil. Chan ann san deise Shàbaid oir bha sin fhèin a' toirt teachdaireachd shòlamaichte seachad cuideachd. Anns na flannels dhubha a bh' aige. Lèine gheal. Chan e – lèine ghorm. Dath a' phoileis, Taidh? Uh-uh. Beagan ro fhoirmeil. Agus deagh sheacaid. Bha e a-riamh dèidheil air seacaidean agus bha taghadh math aige. Feadhainn chlòimhe ach cuideachd feadhainn ghrinn linnseach a cheannaich e tron phost. Bha tè liath aige a rachadh gu math leis na flannels dhubha agus an lèine ghorm. Èideadh stylish. Spaideil ach càirdeal; uasal ach iriseal.

Thadhail e air Dolina an toiseach. Chuir e iongnadh oirre ceart gu leòr nuair a dh'fhosgail i an doras 's Murdo – Constabal Murdo – na sheasamh an sin, dreiste ann an dòigh caran casual.

'Faod mi…'

'Thig a-steach,' thuirt i. 'Gheibh mi tì. No cofaidh? 'O, bhiodh cupa teatha uamhasach math.

Bhruidhinn iad air ais 's air adhart mun t-sìde fhad 's a bha i a' dèanamh na tì. Cho garbh 's a bha i a-raoir, ach mar a thàinig ciùineas sa mhadainn.

'O nach tric e,' thuirt Murdo. 'Stoirm na h-oidhche, sìth na maidne.'

'Chan urrainn dhut,' arsa Dolina, 'earbsa sam bith a chur anns an t-sìde air an telebhisean co-dhiù. Chan eil fhios a'm am fac' thu am forecast aca a-raoir. Uisge bha iad ag ràdh. Cha tàinig e gu sìon.'

''S e an *Shipping Forecast* an aon forecast as d' fhiach èisteachd ris,' thuirt Murdo. 'Shannon, Rockall, Malin, Hebrides...'

Thàinig an teatha.

'Seadh, Constable MacDonald,' thuirt i ris. 'Agus dè nì mi dhut?'

Bha e dol a ràdh, 'Thoir dhomh mathanas,' ach cha b' urrainn dha.

'Tha mi...' thòisich e, 'tha mi air an neach a ghoid a' bhràiste òir a lorg. Agus... agus tha mi duilich gun robh thusa fo amharas agam aig aon àm. Mearachd a bha sin. An rud nach tuig sinn, bheir sinn mearachd air.'

'Cha do chuir e sìos no suas mi, Constable,' thuirt i. 'Nuair tha thu neoichiontach chan eagal dhut.'

Ged bha fhios aig an dithis aca gun robh na prìosain làn de dhaoine neoichiontach.

'Feumaidh tu d' obair a dhèanamh, nach fheum?' thuirt i. 'Tha fhios gu bheil e coltach ris an obair agam fhìn? Glanadh is sgùradh. Feumaidh tu a h-uile oisean a dhèanamh, chan e dìreach uachdar ghnothaichean. Nach ann an sin a tha an salchar, Constable? Anns na h-oiseanan dorcha, fo rudan?'

'Chan ann an-còmhnaidh. Uaireannan tha e air do bheulaibh, anns an t-solas. Cho soilleir 's nach fhaic thu e.'

Bha Murdo taingeil gun robh e cho furasta. Oir bha

còraichean aice, agus aig a h-uile neach eile a chuir e fo amharas. Nam biodh iad air a shon dh'fhaodadh iad casaidean air choreigin a thogail na aghaidh. Defamation of character no rudeigin. Saoil de Ghàidhlig a th' air defamation of character smaoinich e? Òinseach a thoirt air amadan, an e? An robh leithid ann ri linn a sheanar, oir sin daonnan an tomhas a bh' aige. Mar nach robh leth-cheud bliadhna is còrr air a dhol seachad on uair sin.

'S e bha. Oir bha deagh chuimhne aige air an càineadh a bhiodh iad a' dèanamh air càch a chèile. Mar a sgiathadh naidheachd air feadh an àite, a' falbh mar eun o dhuilleig gu duilleig.

'An cuala tu an rud a rinn Dòmhnall Iain oidhche Shathairne?' agus na chois sruth fiosrachaidh mu dheidhinn uisge-beatha is briseadh na sìth. Naidheachdan a bha làn de mheasadh. Oir ciamar eile dhèanadh tu coimeas eadar daoine ach le bhith a' gabhail beachd air an dòighean? Air na rudan a bha iad a' dèanamh? 'S e am beul a labhras ach an gnìomh a dhearbhas. Nach e sin e.

'Agus nach eil An Leabhar fhèin ag ràdh an dearbh rud?' chanadh a mhàthair. 'Air an toradh aithnichidh sibh iad'. An tionail daoine dearcan-fìona de dhrisean, no fìgean de na fòghnain?'

Cho mòr 's a bha na faclan sin nuair a bha e beag, 's gun e tuigsinn leth dhiubh nuair a bheireadh a mhàthair e chun an t-searmoin. 'An dream a ro-aithnich e, ro-òrdaich e iad mar an ceudna a-chum a bhith co-chosmhail ri ìomhaigh a Mhic'. A bha a-nis cho prìseil dha. Nach àraid, smaoinich Murdo, an ceò tha timcheall oirnn gus an tog a' ghrian e. Mar a tha rudan a tha cho doirbh an tuigsinn an uair sin a' dèanamh ciall.

Leithid nuair a bha e beag agus dh'fheumadh e a dhol dhan leabaidh fhad 's a bha i fhathast soilleir grianach a-muigh. Feasgar cho math 'son ball-coise a chluich, 's aigesan ri laighe an sin a' leigeil air gur e Jim Baxter a bh' ann sìos cliathaich na pàirc', agus an ath rud b' e mhadainn a bh' ann 's i sileadh 's aige ri dhol dhan sgoil. Far an do dh'fhoghlam e cunntadh is leughadh, a shàbhail e bho bhith ag obair ann an dìg an rathaid le spaid fad a bheatha.

Ged a chuir cuid a ghnothaichean iongnadh air fhathast, gun teagamh. Trigonometry, mar eisimpleir. Bhiodh e a' beachdachadh an-dràsta 's a-rithist air dè feum a rinn sin dha. Double Maths a' chiad rud madainn Diluain ann an Sgoil MhicNeacail le Spikey. The law of sines, the law of cosines, half-angle formulas agus half-side formulas. Cha dèanadh e bun no bàrr dheth. Bha comharran nan caorach fhèin fada na b' fhasa chuimhneachadh: bacan-àrd is bacan-ìseal is beum fon chluais is bàrr. Oir bha e air na gnothaichean sin fhaicinn agus a dhèanamh còmhla ri sheanair. Cha robh anns an rud eile ach comharran air pàipear nach fhac' e a-riamh air an cleachdadh.

Nuair a thog e a' chùis le Sàirdseant Morrison uair dhen t-saoghal ge-tà thuirt esan ris,

'Constable MacDonald. Tha d' aineolas mar dhorchadas anns an t-solas. Trigonometry? Ciamar a bhiodh fhios agad air àirde Beinn Nibheis a-muigh an sin mura b' e Trigonometry? 'Eil thu smaointinn gu bheil daoine air a dhol timcheall an t-saoghail agus suas bheanntan agus gu dubh-aigne na mara agus a-mach dhan fhànais gan tomhas òirleach air an òirlich? Tha iad ga dhèanamh le Trigonometry.'

Cha do thuig Murdo, ged a chreid e Sàirdseant Morrison. Oir bha earbs' aige ann. Ged a smaoinich e – dè feum fios a bhith againn air àirde Bheinn Nibheis co-dhiù? Mar gach rud eile tha i cho àrd no cho ìosal 's a tha i. Bha Aonghas Mòr Fhionnlaghstan beag agus a bhràthair Aonghas Beag ceithir òirlich na b' àirde. Duine beag foghainteach a bh' ann an Aonghas Mòr ge-tà.

'No navigation is einnseaneireadh, a charaid. Na raointean sin làn Trigonometry. Agus aineolach 's gu bheil thu, Constable MacDonald, bu chòir dhut tuigsinn gu bheil Trigonometry cuideachd uamhasach feumail anns an dreuchd againn fhèin. Seall a-nis, a Mhurchaidh, nan tigeadh tu fhèin tarsainn air cuideigin na laighe marbh le urchair. Ciamar a dh'obraicheadh tu a-mach dè an taobh a thàinig an urchair no dè an àirde bhon deach a losgadh mura biodh beagan Trigonometry agad? Eh? Uh?'

'S bha na h-uimhir eile nach robh Murdo a-riamh a' tuigsinn. Na rudan bu shìmplidh'. Ciamar a bhiodh iad a' toirt a' cheò a-mach às a' ghual 'son smokeless fuel a thoirt dhuinn. Carson a thuiteadh iteag agus òrd air an talamh aig an aon àm mura biodh èadhar timcheall. Agus carson a bhiodh na Deasaich a' stobadh an 'h' ud anns na faclan aca – toirt Dòmhnall Phàdraig is Dòmhnall Sheumais air daoine an àite Dòmhnall Pàdraig is Dòmhnall Seumas.

'Tha cuid de rudan nas fheàrr air am fàgail dìomhair,' chanadh Sàirdseant Morrison ris. 'Uaireannan, tha an t-aineolas nas fheumaile na an gliocas, a Mhurchaidh. Na toir comhairle, no salainn, gus am faighnichear air an son. Is fheudar gabhail ri each mall nuair nach fhaighear nas fheàrr.'

Agus rud eile. Thug e ùine mhòr dha tuigsinn nach b' e peanas ach tìodhlac a bh' anns an lagh. Gun robh an lagh ann airson daoine a chumail sàbhailte, chan ann airson an sgiùirseadh. Mura biodh lagh ann, mar a thuirt MacRath ris turas, dhèanadh daoine na thogradh iad, coltach ri clann Israèil, ''s a h-uile duine a' dèanamh mar a bha iad a' faicinn iomchaidh nan sùilean fhèin.'

'Tha an lagh a' stèidheachadh chrìochan dhuinn, a bhròinein,' thuirt MacRath. 'Tha e mar fheansa timcheall na lot. So far and no further tha am feansa ag ràdh.'

Cho cuideachail 's a bha faclan a' mhinisteir dha fad a bheatha. Oir chunnaic e le shùilean fhèin na dhèanadh daoine. Ghluaiseadh iad na feansaichean cho farsaing 's a b' urrainn dhaibh. Can nuair a thigeadh e gu dràibheadh. Bhiodh cearcall mòr dearg an sin aig ceann an rathaid ag ràdh 30 agus nuair a rachadh Constabal Murdo a-mach leis a' ghunna-astair bhiodh gach dàrnacha neach a' rèiseadh troimhe aig 40 no còrr. 'S nuair a stadadh e iad, bha a leisgeul aig gach duine.

'O, chan fhaca mi an soidhne!'

Ma-thà, tha mi 'n dùil. No. 'Tha mi ann an cabhaig. Mart a' breith.'

Daonnan adhbhar 'son briseadh an lagha, agus dh'fheumadh e seasamh an sin agus innse dhaibh nach robh leisgeul ann. 'S mar a dh'fheumadh e mìneachadh dhaibh fad an t-siubhail gur e crìoch a bh' ann an 30 no 40 no 60 's nach b' e amas! Mar a chanadh John Murdo a bha a' fuireach aig ceann an rathaid, 'Ma tha an soidhne ag ràdh 30, na teirig seachad air 40. Oir tha gràs deich mìle eadar an lagh agus an dìteadh.'

Stad e boireannach turas ann an càr gun mhullach a' dol tron Ghearastan aig 60 nuair a bha an soidhne dearg ag ràdh 30. Boireannach Aimeireaganach, sgarfa dathach mu h-amhaich.

'But this car is perfectly capable of doing 150 safely,' thuirt i ri Murdo.

'It may be,' thuirt Murdo rithe. 'But it's perfectly clear you aren't! The 30 mile an hour limit is the maximum limit, Madam, not just a general recommendation.'

Cho doirbh 's a bha e do dhaoine tuigsinn nach b' e feansa tana a bh' anns an lagh, ach balla daingeann.

'Ach tha sin a rèir, tha sin a rèir, a Mhurchaidh,' chanadh Sàirdseant Morrison. 'Nach cual thu a-riamh an abairt, "Aon lagh 'son nan daoine bochda agus lagh eile 'son nan daoine beairteach"? 'S e d' obair-sa, bhalaich, dèanamh cinnteach nach e an fhìrinn a th' anns an abairt. Oir tha an fhìrinn gun lot. Oir chan eil an fheadhainn a tha cumail an lagh' càil nas fheàrr na 'n fheadhainn a tha ga bhristeadh.'

CAIBIDEIL 16

Èisteachd

ÀS DÈIDH TADHAL air Dolina chaidh Murdo a dh'fhaicinn gach neach eile a bha aige fo amharas. Mìcheal Iain, agus Dr Lucy 's Sergio. Pavel agus Ailig an Insurance. Cha robh iad uile buileach cho sèimh furasta ri Dolina.

'Seadh,' thuirt Mìcheal Iain ris nuair a thadhail e air. 'Agus tha thu saoilsinn gu suidh mise an seo 's gun cuir mi suas gun ghearain mu na rudan sin? Nach ann ort a bha an aghaidh, a' smaoineachadh a leithid mum dheidhinn. Duine nach do rinn cron a-riamh.'

An robh e air dìochuimneachadh mun t-sabaid san robh e an sàs an turas mu dheireadh a bha e an Glaschu? Air a shlighe mach à Parkhead. Self-defence, thuirt e ris a' chùirt.

Bha Murdo air na clàran fhaicinn. Ach cha tuirt e càil. Oir nach iomadh cron a nì an dram nuair a ghabhas duine tè mhòr.

'Chan e mise rinn e ach an deoch.'

Nach tric a chual' am britheamh bochd an dìon sin on duine bha san doca. Mar am fear eile a' tighinn far an daoraich an dèidh a bhith oirre dhà na thrì làithean. An duine bochd ag èisteachd ri Radio nan Gàidheal agus Seumas ag aithris nan naidheachdan aig ceann na h-uarach le ghuth làidir soilleir. 'Seo agaibh Seumas Dòmhnallach leis na naidheachdan aig meadhan-latha.'

'Mo chreach,' ars am bodach, 's a cheann na bhrochan, 'tha fhios a'm dè an uair a tha e, dhuine, ach nach inns thu dhomh dè an latha a th' ann?!'

Chuimhnich Murdo air rud a thuirt Inspeactar MacRath ris turas.

'A Mhurchaidh,' ars esan, ''eil fhios agad air a seo?'

Agus choimhead Murdo air.

'Mura biodh daoine ag òl – no gabhail na dibhe 's e bu chòir dhomh ràdh – bhiodh 90% dhe na prìosain ann an Alba falamh. Oir tha na h-àireamhan a' dearbhadh gu bheil alcohol agus drugaichean an lùib timcheall 90% dhen eucoir tha tachairt san dùthaich seo. Smaoineachail, eh Murdo? Smaoineachail a bhròinein.'

Agus bha. Oir bha dram is dram ann. Chan ionann fear air mhisg agus fear air uisge. Cuimhn' aigesan fhathast air na làithean annasach sin far am biodh aon bhotal dhen Each Gheal a-staigh sa phreasa a mhaireadh bliadhna. Drùdhag oidhche na Bliadhn' Ùire agus 's dòcha nuair a thigeadh Uncle Roddy agus Auntie Marion dhachaigh 'son cola-deug an t-samhraidh. Ach a-nis? A h-uile taigh mar Off Licence, le botail fìon nan suidhe air bòrd a' chidsin mar gun robh thu san Eadailt. Chan eil aon iongnadh, smaoinich Murdo, gu bheil na prìosain làn.

Cho fortanach agus a bha e fhèin. Cha robh an stuth a' còrdadh ris idir idir. O, dh'fheuch e an stuth ceart gu leòr bliadhnachan mòra air ais, ach bha an leann mar gun òladh tu mùn a' chait agus thug am balgam uisge-bheatha a ghabh e losgadh-bràghad air a dh'fhag a chom mar gun robh each air breab a thoirt dha. Cha toireadh PC Murdo taing dhut airson dram de sheòrsa sam bith, ged a dh'òladh e an teatha mar gun robh aotraman na bà ann.

''Nad shuidh' an sin,' bha Mìcheal Iain ag ràdh 'mar nach leaghadh ìm nad bheul 's aig aon àm a' dèanamh suas nan gnothaichean sin mum dheidhinn-sa.'

Cha robh Murdo air facal a bha e ag ràdh a chluinntinn. Smaoineachadh air rudan eile. Feumaidh tu leigeil leis an t-sruth ruith. Ach an-dràsta 's a-rithist dh'fhosgladh e chluasan 's chluinneadh e Mìcheal Iain a' dol fhathast.

'A thrustair thusa… nach do rinn cron air duine beò… Ah, Dhia nam biodh fhios agad cho crosta 's a tha mi… gun fhianais a bharrachd… O, tha mo bheachd fhìn agam, gu dearbha tha…'

Oir bha fhios aig Murdo nach robh ann ach faclan. Cop ri bhus. Poit a' goil thairis mar gum biodh. B' e an cleas èisteachd ris ach gun ach corra rud a chluinntinn.

'Staigh aon chluais Murdo, agus a-mach a' chluais eile. Sin an rud as fheàrr uaireannan, a Mhurchaidh,' thuirt Sàirdseant Morrison ris. 'Saves a lot of trouble. Oir an uair sin nuair a dh'fhaighnicheas duine dhut dè chual' thu no dè chunna tu faodaidh tu an fhìrinn innse agus a ràdh nach cual thu càil 's nach fhac' thu dad. Cuimhn' agad air seann duan PC MacIver? "Na faic olc, na cluinn olc, na labhair olc?" Bidh mar am muncaidh, a Mhurchaidh.'

Aon uair 's gun stadadh Mìcheal Iain chanadh Murdo na faclan a bha iomchaidh.

'Tha mi duilich. Tha sinn uile mearachdach.'

Agus ghluais Mìcheal Iain san t-sèithear an uair sin mar gun robh e air èisteachd ris fhèin airson a' chiad turas. E air e fhèin a nàrachadh a-rithist le bhith spùtadh às mu cho ceart 's a bha e agus cho ceàrr 's a bha a h-uile duin' eile. 'S chuimhnicheadh e an rud a bhiodh Maighstir Uilleam ag ràdh riutha cho tric.

'An neach a tha gun pheacadh agaibhse, tilgeadh e a' chiad chlach.'

Is chromadh iad uile an cinn oir cha robh neach an làthair nach robh a' giùlan chlachan – molagan mòra a' chladaich – ann am pocannan air an guailnean.

Bhruidhinn Mìcheal Iain an uair sin 'son ùine mu rudan gun chron. Mun sgadan anns na seann làithean agus cho sgràthail 's a bha sgioba ball-coise Alba a-rithist an oidhche roimhe air an telebhisean.

''S am fear sin ag ràdh gu bheil Albannaich ro bheag. Nach tàinig e a-riamh an seo? Am faca e a-riamh Eàirdsidh Mòr a' tilgeil na cloiche? Agus eil cuimhn' agad air Aonghas Beag a bha cho treun ri Fionn MacCumhaill fhèin? Cha robh duine cho math air carachd ris an Alba. Cha robh. Cha robh, Constable MacDonald. Ged a bha e beag cha robh e bog.'

'A well,' arsa Murdo an ceann greis, 'cha toir seo a' mhòine dhachaigh' agus a-mach a dh'fhalbh e dh'fhaicinn Dr Lucy.

Bha bonaid oirre. Ceap beag dubh mar a bhiodh

air na h-iasgairean uair dhen t-saoghal, 's i na suidh aig an deasg anns a' phoirds, a bha air a bhlàthachadh le teasadair beag gas. Bha i a' coimhead air leabhar mòr tomadach agus a' sgrìobhadh air duilleagan eile le peansail.

'Duilich dragh a chur ort,' thuirt Murdo. 'Tha thu trang.'

'Tha,' thuirt ise. 'Ach suidh. Ma bheir thu dhomh greis bheag bidh mi deiseil.'

Chomharraich i sèithear beag fiodh ann an oisean a' phoirds, mar gun robh e ann an seòmar-feitheamh bodach nam fiaclan.

Shuidh Murdo. Bha an sèithear cho mì-chofhurtail 's a ghabhadh. Ach dè an diofar oir bha e air a bhith na shuidhe deagh chuid dhen mhadainn air an t-sèithear a b' fhèarr aig Mìcheal Iain. Fear dhen fheadhainn bhog leathar sin a shìneas air ais ma bhruthas to pìos fiodh mud chasan.

'Bidh mi faighinn druim ghoirt an-dràsta 's a-rithist,' thuirt Mìcheal Iain. 'Mhol an dotair dhomh an sèithear sin fhaighinn. Agus tha lever air a' chliathaich 's ma phutas tu sin crathaidh an sèithear gu socair a' toirt massage dhad dhruim.'

Dhèanainn an gnothaich le massage an-dràst', smaoinich Murdo. A thòn goirt air an t-sèithear bheag chruaidh. Choimhead e a-null air Dr Lucy. A speuclairean air spiris a sròine, agus gach fichead diog no mar sin a' togail a cinn bhon leabhar agus a' sgrìobhadh rudeigin leis a' pheansail anns an jotair aice.

Bonaid às a' Bhreatann Bhig a bha siud oirre,

bheachdaich Murdo. Dubh le bileag. Chunnaic e leithid air Fionnlagh Smèideag. Ged a bhiodh esan ga chur cùlaibh air a' beulaibh. Bhiodh e ri bàrdachd. Òran na Bonaid an rud a b'ainmeile a rinn e:

O tha mo bhonaid bheag
Gam chumail blàth cùl nan creag,
Ùnns' tombaca na mo dhòrn
Is fuaim nan tàirneanaich bho m' thòin.

Gu fonn 'An t-fheileadh beag bu docha leam.' Bhiodh daoine ga chàineadh, ag ràdh gur e "mo bhonaid bhig" a bu chòir a bhith ann, agus esan na sheasadh air a chasan deiridh a' gearan gum b' e sin an faram cèarr. An trustair esan.

Laigh Dr Lucy am peansail sìos.

'Duilich,' thuirt i. 'Sin e. Nì sin a' chùis an-dràsta.'

'Obair mhòr,' thuirt Murdo.

''S e,' thuirt ise. ''Eil sìon ceàrr?'

'O chan eil càil nach ceartaich leisgeul. Tha mi air faighinn a-mach cò a ghoid a' bhràiste òir.'

''S dè an ceangal a th' aige sin riumsa?'

'Dìreach gun robh thu fo amharas.'

Choimhead i air ach cha tuirt i dad. Chùm e dol.

'Tuigidh tu gu feumainn beachdachadh air a h-uile nì. Coltach riut fhèin,' thuirt e, a' comharrachadh na làimh-sgrìobhaidhean a bha i a' rannsachadh.

'Gun teagamh,' thuirt i. 'A' chiad phrionnsapal a thaobh rannsachadh sam bith – na fàg clach gun tionndadh.'

'Gun teagamh,' thuirt Murdo. 'Chan eil fhios agad

dè bhoiteag a lorgas tu fon mholaig as lugha.'
'No an seud?'
Rinn e gaire. 'No an seud. No an seud!'
Bha iad sàmhach tiotan.
''S eil thu,' ars esan, 'air seudan sam bith a lorg anns na pàipearan sin?'
'Pailteas. Stuth fada nas luachmhoire na bràiste òir sam bith. Carson a ghoidinn-sa a leithid nuair tha an ulaidh phrìseil seo fom shùilean a latha 's a dh'oidhche?'
'Gu dearbha,' thuirt Murdo. 'Gu dearbha. Chan fheum an rìgh cuid an rìgh a ghoid, mar tha an seanfhacal ga chur.'
'Chan eil sìon aig an rìgh ach an rud a ghoid e sa chiad àite, Constable,' thuirt i. 'Sin an rud a tha na pàipearan seo a' dearbhadh. Nach eil cumhachd sam bith aig rìgh, no ceann-cinnidh, ach an cumhachd a bheir an tuath dha.'
Bha fhios aig Constabal Murdo gun robh i a' bruidhinn mu dheidhinn fhèin. Gun robh ùghdarras sam bith a bh' aige an crochadh air earbsa on t-sluagh. Chùm i oirre.
'An rud a b' fheàrr a dh'ionnsaich mi o na pàipearan seo 's e gun robh a' bhreug uaireannan a' coileanadh na fìrinn, agus gun robh an fhìrinn uaireannan a' bacadh ceartas. Tuigidh tu fhèin, Constable, gu feumadh MacNèill uaireannan an fhìrinn fhiaradh 'son na daoine aige a dhìon. *Realpolitik* a chanas iad ris.'
'Seadh,' thuirt PC Murdo. 'Tha mi tuigsinn. Mar sin, fàgaidh sinn aig a sin e, eh?'

'Fàgaidh. 'S fheàrr a bhith sàmhach na droch dhàn a ghabhail?'

''S fheàrr,' thuirt Murdo. ''S fheàrr gu dearbh.'

Air an rathad dhan chàr chuimhnich e air mnàthan-glùine Chlann Israèil a mheall Phàroah 'son na fìrinn. 'Chan e ceartas a tha mi sireadh' mar a thuirt an duine bochd ris a' bhritheamh, 'ach tròcair.'

Agus chùm Dr Lucy oirre a' togail fianais mu phrìomhachais Chlann Nèill Cholbhasaigh.

CAIBIDEIL 17

Don Quixote

BHA TRIÙIR AIR fhàgail roimhe mus dèiligeadh e ris a' mhèirleach. Sergio agus Pavel agus Ailig an Insurance. Bha iad uile aig baile. Chaidh e a-null a dh'fhaicinn Sergio a bha a' campadh air an tràigh. Bha e fraidhigeadh. Isbeanan air teine beag fiodh a bha e air a lasadh.

'Gabhaidh tu feadhainn?' dh'fhaighnich e do Mhurdo.

'Dè an seòrsa?' fhreagair Murdo.

'Vegetarian,' fhreagair Sergio. 'Feadhainn Linda McCartney. Tha iad ceart gu leòr, ged nach eil iad cho math ri feadhainn a' Cho-op fhèin.'

'Tha mi ceart gu leòr,' thuirt Murdo. ''S fheàrr leam an fheadhainn aig Charlie Barley fhèin aig deireadh an latha. Bidh mi a' faighinn parsail a-nuas bhuapa gach cola-deug. Bheir mi punnd dhut an ath thuras a chì mi thu.'

Shuidh e sìos ri taobh an teine. Bha oiteag gaoithe ann agus siabann geal air a' mhuir fada muigh. Soitheach air choreigin air fàire, a' dol gu deas. Dhòirt

Sergio uisge à canastair plastaig a-steach dhan phoit agus ghoil e sin fhad 's a dh'ith e na h-isbeanan, aon às dèidh aon, air ceann forca. Shad e làn a' dhùirn teatha a-steach dhan phoit agus nuair a tharraing i chuir e sin ann am muga tiona 'son Murdo.

'Slàinte,' thuirt e ris. 'Salud!'

'Salud,' thuirt Murdo.

'Nach bi thu fàs sgìth dhe seo?' thuirt Murdo ris. 'Siubhal gun sgur, gun fhàrdach sheasmhach os do chionn?'

'Cò aig a tha?' fhreagair Sergio. 'Caisteal an-diugh, gainmheach a-màireach.'

Annasach, shaoil Murdo, nach robh e a-riamh air bruidhinn ceart ri Sergio. No ri duine sam bith nuair a thàinig e gu aon 's gu dhà. An deise daonnan a' tighinn eadar e fhèin agus dàimh ceart ri duine sam bith. Iad cho faiceallach leis. Mar gun robh esan a' dol timcheall fad na h-ùine a' smaointinn, 'Thèid rud sam bith a chanas tu a chleachdadh mar fhianais a-rithist'.

Cha robh càil nas fhaide bho inntinn àm sam bith a bha e a' bruidhinn ri daoine taobh muigh na h-obrach. Mar bu trice bha rud sam bith a chluinneadh e a' dol a-steach aon chluais agus a-mach an tèile.

Ach an dèidh sin bha fhios aige gun robh iadsan faiceallach. Chitheadh e daoine a' smaointinn air rud agus an uair sin bhiodh iad balbh, no thòisicheadh iad air bruidhinn ris agus an uair sin chuireadh iad stad orra fhèin 'son tiotan mar gun robh eagal orra cus a ràdh 's gun crìochnaicheadh iad ann am bogsa-nam-mionnan air choreigin.

'S dòcha gum b' e sin a b' adhbhar nach do phòs e

a-riamh. Raonaid. Agus 's i bha bòidheach cuideachd. Chan ann mar bhoireannaich an latha 'n-diugh a bha mar bhiorain-fighe. Bha beagan susbaint innte, 's nuair a dhèanadh iad Scottische dh'fheumadh Murdo a bhith gu math cinnteach air a chasan mus tilgeadh i e tarsainn an ùrlair.

Boireannach dèanta, mar a chanadh na seann daoine. Chan e gun robh e cho seann-fhasanta 's gun robh e a' sireadh tè a thogadh cliabh mòr mònach air a druim no a threabhadh le crann air a guailnean, ach tè nach tuiteadh le oiteag gaoithe. 'Each à Èirisgeigh agus boireannach à Leòdhas', mar a chanadh na h-Uibhistich. Ged nach do rinn e diofar sam bith aig a' cheann-thall co-dhiù, oir nuair a chaidh esan a ghluasad dhan Ghearastan cha robh i ag iarraidh a dhol ann, 's an ath rud siud i siubhal an t-saoghail le ceàrd air choreigin ris an do choinnich i aig dannsa Geamaichean an Òbain. Raonaid bhochd.

'Tha mi duilich gun robh thu fo amharas agam, Sergio,' thuirt Murdo.

'O na gabh dragh mun a sin. Nach eil mi fo amharas aig a h-uile duine fad na h-ùine ri linn mo chaitheamh-beatha? Chionn 's nach eil taigh agam no cèile no cosnadh no morgaids no eile.'

'Chan eil thu nad aonar an sin a bhalaich,' thuirt Murdo. 'Cuiridh iad gach cron air druim an duine bhochd. Chan eil càil dhe sin na adhbhar amharais. Dìreach gu bheil thu…'

'Diofraichte?'

'Aidh. Sin e. 'S dòcha gur e sin e. Tha daoine an-còmhnaidh faiceallach mun rud choimheach.'

'Nach eil sinn uile? Nar coigrich is coimheach.'

'Dh'fhaodadh gu bheil. Ach tha coimheach is coimheach ann. Mar mi fhìn. Leòdhasach. An seo am measg nam Pàpanach. Gabh mo leisgeul – Caitligich, tha mi ciallachadh. Sin am facal ceart a-nis. Bhiodh tu fhèin…'

'Bhitheadh,' thuirt Sergio. 'Agus tha fhathast.'

'Co-dhiù,' thuirt Murdo, ''s e an rud gu bheil gnothaich sam bith a tha eadar-dhealaichte dol a tharraing aire. Agus tha thu eadar-dhealaichte. Fiù 's ged a bha an *Armada* an seo o chionn linntean, chan ann a h-uile latha a nochdas do sheòrsa.'

'Mo sheòrsa?' thuirt Sergio. ''Eil adharcan orm no rudeigin?'

'Och, a charaid, chan e sin e. Chan e sin e idir. Na bi cho… amharasach. Nach eil e nàdarra gu leòr gum biodh daoine gabhail iongnadh dè thug an seo thu? Agus far nach eil fios bidh fathann. Gur e siud, seo, no an ath rud a b' adhbhar dha. Fiù 's ged nach biodh adhbhar ann.'

'Tha daonnan adhbhar ann,' thuirt Sergio.

'Tha. Tha an-còmhnaidh adhbhar ann,' thuirt Murdo.

Chaidh Sergio a-steach dhan teanta agus thill e le leabhar.

'An do leugh thu seo a-riamh?' dh'fhaighnich e do Mhurdo.

'O, chan e fear-leughaidh a th' annamsa mar sin ann,' fhreagair Murdo. 'Mhill an sgoil sin orm. Bumalair de mhaighstir-sgoile againn a thug oirnn Walter Scott a leughadh. Cha dèanadh duin' againn bun no bàrr dheth. *Ivanhoe*! *The Heart of Midlothian*! Dùil againn gur e team ball-coise bha sin. Jim Cruickshank! Roy Barry, Chris Shevlane, Donald Ford – b' iad na cluicheadairean. Ged nach robh iad leth cho math ris an team agam fhìn ceart gu leòr. Ritchie Shearer Caldow, Greig McKinnon and Baxter, Henderson MacMillan Millar Brand and Wilson. O, laochain – sin sgioba. Abair sgioba.'

Ghabh e an leabhar a thug Sergio dha. *Don Quixote* Miguel de Cervantes bha an còmhdach ag ràdh. Dh'fhosgail Murdo an leabhar is choimhead e troimhe. Bha dealbhan àlainn air cuid dhe na duilleagan an siud 's an seo. Bodach na shuidh' air each le sleagh gleansach biorach fo achlais. Muilnean-gaoithe air slèibhtean donna tioram. Bailtean òire a' deàrrsadh air fàire.

''S toigh leam na dealbhan,' thuirt Murdo. 'Bha mi a-riamh dèidheil air leabhraichean anns an robh dealbhan. Tha mi creids' gun tàinig sin o bhith leughadh comaigs nuair a bha mi beag. Bu toigh leam Roy of the Rovers. Agus Big Uggy.'

Choimhead e air cuid dhe na faclan, a bha ann an Spàinntis.

''Eil e math? An sgeulachd, tha mi ciallachadh.'

'Tha,' thuirt Sergio. 'Fìor mhath. Sgeulachd gach duin' againn.'

'Cho math sin?' thuirt Murdo. 'Mar An Fhìrinn fhèin.'

'Dìreach. Cho faoin 's a tha sinn, le ar dòchas agus ar planaichean.'

'Feumaidh dòchas a bhith aig duine a charaid.

Feumaidh. A dh'aindeoin mar a tha cùisean.'

'An dearbh rud a thuirt Don Quixote. "Beiridh gaol dòchas." Ged nach e sin an rud a b' fheàrr a thuirt e.'

'Siuthad.'

'Faodaidh esan a tha na laighe an-diugh èirigh a-màireach. 'S e sin mura bheil e ag iarraidh fuireach anns an leabaidh.'

'Tha sin math a dhuine. Cho math 's a ghabhas. Nam b' urrainn dhomh Spàinntis a leughadh bheirinn an leabhar dhachaigh leam.'

'Gheibh thu e ann an cànain eile cuideachd, Constable,' thuirt Sergio.

'O, tha mi cinnteach gum faigh. Tha mi cinnteach gum faigh. Ach bheir mi leam an ulaidh sin a thug thu dhomh. Abairt ghrinn. Cumaidh sin a' dol mi.'

Sheas e suas. Bha an teine a' dol às.

'An cruinnich mi tuilleadh bhioran dhut?' dh'fhaighnich Murdo.

'Bhiodh sin math,' thuirt Sergio. 'Tha treallaich daonnan shìos mun chladach.'

Thilg e na bha air fhàgail dhen fhiodh san teine agus chaidh an dithis aca sìos gu oir na mara. Shiubhail Murdo gu tuath agus Sergio gu deas agus aon uair 's gun robh an achlaisean làn thill an dithis aca air ais chun an teine.

Nuair bha deagh bhraidseal a' dol thuirt Murdo, 'Cha do thuig mi a-riamh dè dh'fhàg an seo thu Sergio.'

'An aon rud 's a dh'fhàg thu fhèin an seo a Mhurchaidh. Cor an t-saoghail 's na tha an dàn dhuinn.'

'Tha an dàn a rèir an taghaidh,' thuirt Murdo.

'Thagh mi bhith an seo. O, ceart gu leòr chaidh mo chur an seo an toiseach, 's cha robh taghadh agam. Ach tha bhon uair sin. Uair sam bith a thograinn dh'fhaodainn a bhith air gluasad. Suas a Steòrnabhagh. Mach gu tìr-mòr. Dhan Òban. No air ais dhan Ghearastan. No a Mhalaig no dh'Inbhir Nis. Ach carson a rachainn dha na h-àiteachan sin nuair a tha mo shaoghal 's mo shonas an seo? Caithidh domhan duine. Agus tha mi toilichte gu bheil thu seo, Sergio. Chan eil càil a tha na annas nach bi na àbhaist.'

Sheas e suas.

'Uair sam bith bhios feum agad orm 'ille, leig fios dhomh,' thuirt e. 'Cha bhi mi fad air falbh.'

Choisich e air falbh, ach stad e agus thionndaidh e agus thuirt e, 'Sergio. Thiginn gad choimhead – gad chuideachadh – ged bhiodh tu an còs creige. Cuimhnich sin, a bhalaich.'

CAIBIDEIL 18

An Ataireachd Bhuan

GU MÌ-FHORTANACH GE-TÀ bha Pavel fad' air falbh. Nuair a chaidh Murdo dhan taigh aige cha robh sealladh air a-muigh no a-staigh.

'Dh'fhalbh e,' thuirt a nàbaidh. 'Le poca mòr dubh air a dhruim. A-raoir. Air an aiseag dhan Òban. Thuirt e rium gun robh e dol air ais gu muir. Deep Sea.'

Pavel bochd a sheòladh nan seachd cuantan. Saoil, smaoinich Murdo, am faic sinn sealladh dhe gu bràth tuilleadh? Deep Sea, smaoinich Murdo. Am Pacific. Bha cousins aige a chaidh gu muir. Tormod agus Torcuil agus Dòmhnall agus Coinneach. Tormod Mòr a chaidh air tìr ann an New Zealand agus nach do thill a-riamh. Bha iad ag ràdh gun do phòs e tùsanach agus gun robh deichnear ghillean aca, a h-uile fear faisg air na seachd troighean a dh'àird. Agus Coinneach a bh' aig na whalers agus a chaidh an ceann a chosnaidh leis na caoraich ann an Argentina às dèidh sin. Phòs esan cuideachd, agus bhiodh e a' cur Christmas Card dhachaigh a h-uile bliadhna air an robh sgrìobhte *Greetings from Montevideo*.

Chual' e fuaim a' mhotair-baidhsagail. Bha Ailig air ais. Stad e ri taobh Murdo.

'Aidh aidh,' thuirt e.

'Aidh aidh,' thuirt Murdo. 'An dearbh dhuine bha mi 'g iarraidh fhaicinn.'

'O?' ars Ailig. ''Eil càil ceàrr?'

Dè b' urrainn dha ràdh? Gun robh 's nach robh?

'O, chan eil càil mar sin. Dìreach gum biodh e math bruidhinn riut. Facal fhaighinn ort. Cà 'il thu dol an-dràsta?'

'Suas dhan Bhàgh a Tuath,' thuirt Ailig ''s an uair sin a-null a dh'Èirisgeigh. Tha mi dol a thadhal air Mrs Munro 'son mionaid an Eòlaigearraidh mus faigh mi an t-aiseag.'

'Well,' thuirt Murdo. 'Mura cuir e dragh ort thig mi air chuairt còmhla riut.'

''Eil clogaid agad?'

Dh'fhosgail Murdo ciste-cùil a' chàir.

'Be prepared for all eventualties,' thuirt e. 'An duan a bhiodh an-còmhnaidh aig Sàirdseant Morrison.'

'Leum suas,' thuirt Ailig, agus ged nach do leum Murdo buileach suas mar na cowboys anns na filmichean, rinn e a' chùis a chas a thogail tarsainn na dìollaig agus suidhe gu stòlda air cùl Ailig. Feumaidh tu an dìollaid a chur air an each cheart, mar a thuirt Raghnall Beag nuair a thill e bho na Pampas.

'Cùm grèim air mo mhionach,' thuirt Ailig. 'Agus nach math gur e Sgitheanach seang a th' annam no chan fhaigheadh tu do ghàirdean timcheall.'

Bha an gnothach gu math àraid. Ailig an Insurance an sin le chlogaid bhuidhe agus Murdo am Poileasman le chlogaid dhearg a' falbh aig astar tron eilean. Well, 's dòcha nach e 'astar' buileach am facal. Oir ged a bha Ailig seang bha Murdo fhèin mar am poca buntàta. No dhà no trì. Agus cha robh einnsean a' mhotair-baidhc cho mòr sin co-dhiù. 500CC.

O, bha feadhainn na bu mhotha air a bhith aige na bheatha gun teagamh. An àm gòraiche na h-òige. Bha Kawasaki KZ1000 aige a bheireadh dhut 90HP agus a rachadh cairteal-a-mhìle leat ann an dusan diog. Agus turas cuideachd a dh'fheuch e Harley aig Fèill ann an Lunnainn, agus bha e mar gun robh rocaid fod thòin. Bha a dheagh charaid Lachaidh à Losgaintir còmhla ris aig an Fhèill agus nuair a dh'fheuch esan am baidhc thuirt e, 'Siud agus crogan bheans agus bhiodh tu aig mullach a' Chliseim ann an diog.'

Dh'fheuch Murdo còmhradh a chumail ri Ailig air an rathad, ach bha a' ghaoth a' falbh leis a h-uile facal. Chan e gun robh fhios aig Murdo air a sin. Dìreach chùm e air, mar gun robh a h-uile facal a' faighinn èisteachd on Rìgh fhèin. O, na dh'inns e agus na dh'aidich e. Ceart gu leòr chuala Ailig corra fhacal, ach cha dèanadh e ciall asta. Càrn. Rathad. Mòd. Fèidh. Agus bheachdaich Ailig air cho àraid 's a bha e mar a dh'fhalbhadh deireadh gach facal às a' chlaisneachd. Mar gun robh cead agad pàirt de rud a chluinntinn, ach gun robh an còrr caisgte. Saoil an tuigeadh tu rudan gu lèir dìreach tro aon fhuaim an ceann ùine?

Agus thòisich Ailig air freagairt air ais. Ged nach cual' e ceist sam bith o Mhurchadh, fhreagair e co-dhiù.

'O charaid, bha. Bha gu dearbh. Tha thu cho cinnteach 's a ghabhas an sin a Mhurchaidh.'

Shaoil an dithis aca nach robh còmhradh cho glic air a bhith aca nam beatha. Thuirt iad na bha iad ag iarraidh a ràdh 's cha deach am fear eile às àicheadh.

'Nan èisteadh mo bhean rium mar seo nach e bhiodh math,' thuirt Ailig.

'Agus co-dhiù gabhaidh mise choire 'son a h-uile rud,' thuirt Murdo. 'Sin an aon dòigh. An aon fhuasgladh a chì mise.'

Cha robh mòran air fhàgail ri ràdh nuair a ràinig iad am Bàgh a Tuath. Bha a' chuid as fheàrr air a bhith air a ràdh cheana. Ged a bha fhios aig an dithis aca cuideachd air an fhìrinn eile – nach robh càil dhe sin a' cunntais oir nach cual' an duin' eile facal. Oir chan eil aideachadh gun èisteachd, mar nach eil gaol gun fhreagairt.

Thadhail Ailig air taigh Mrs Munro agus an uair sin ghabh an dithis aca an t-aiseag a-null a dh'Èirisgeigh. Feasgar soilleir. An caolas a' deàrrsadh. Sheas iad shuas an staidhre.

'Àlainn,' thuirt Ailig. 'Nam biodh an Cuiltheann aca bhiodh e mar nèamh.'

'No Mùirneag an toiseach Ògmhios,' thuirt Murdo.

'Tha mi creidsinn,' thuirt Ailig, 'gu bheil sinn uile dèidheil air ar starsnaich fhìn.'

'Cuid mhath nach eil. Gu leòr dhe mo chàirdean-sa dòigheil gu leòr air stràidean Ghlaschu. 'S am Buenos Aires thall, mar a chuir am bàrd e. Cha chuireadh iad suas ri tilleadh dhachaigh. Mar a thuirt mo chousin Dòmhnall rium an-uiridh, "Tha h-uile duine b' aithne dhomh anns a' chladh a-nis co-dhiù."'

'Dè cho fad 's a bhios tu?' dh'fhaighnich Murdo dha. 'Air do chuairt timcheall nan taighean an seo?'

'Och, cha bhi cho fada sin. Uair gu leth. Dà uair aig a' char as fhaide. Gheibh mi an ath aiseag air ais.'

'Thèid mi air cuairt ma-thà,' thuirt Murdo. 'Fhad 's a tha thu dol timcheall nan taighean. Chì mi thu air an aiseag air ais. Nì beagan coiseachd feum dhomh.'

Agus chaidh e sìos chun na tràghad. Coilleag a' Phrionnsa far an tàinig e fhèin air tìr ann an làithean a' gheallaidh. Bha na sòbhragan beaga a' smèideadh anns a' ghaoith. Choisich Murdo sìos gu oir na tràghad far an d' fhuair e pìos maide a thilg e dhan mhuir. Cho fad 's a bha e on a bha e air cluich air an tràigh. Mar a rachadh na h-uairean seachad, eadar caistealan-gainmhich is crùbagan. Fad feasgairean a' creagach. Agus na sgothan beaga bhiodh e fhèin is Murdigan a' dèanamh a-mach à bogsa-èisg is barraile. Turas rinn iad bàta-seileastair a sheòl iad a dh'Afraga. Gu Cairo. Bha e fhèin a' faireachdainn cho mear ri ceann sìomain air latha gaoithe.

Agus na stuadhan mar a bha iad a-riamh. Aon. Dhà. Trì. Ceithir. Còig. Sia. Agus an uair sin an tè mhòr. 'An ataireachd bhuan, cluinn fuaim na h-ataireachd àrd.' Agus ged nach robh guth seinn aige, sheinn e fo chòmhdach sluaisreadh na mara 's fead binn nan trilleachan air an tràigh.

CAIBIDEIL 19

Fuasgladh

FEUMAIDH TU STRAIDEADSAIDH. Ge bith dè tha thu a' dèanamh. Seall a sheanair. Ged nach e sin am facal a chleachdadh esan. Dìreach gu feum dòigh a bhith agad 'son a dhol timcheall rud. Nuair a bhiodh e a' dol a-mach a dh'iasgach, choisicheadh e gu Rubha Chìobair an oidhche roimhe 'son na speuran 's an fhairge a thomhas. Rachadh Murdo còmhla ris. Tarsainn na mòintich, a-null cùl Beinn Fhionnlaigh agus sìos chun an rubha. Sheasadh iad greis an sin, a sheanair a' coimhead thuige is bhuaithe.

'Tighinn bhon tuath,' chanadh e, ''s mar sin bidh sinn ceart gu leòr. Chan atharraich i co-dhiù gu Dihaoine. Oir seall air na sgòthan sin san iar – cho rèidh ri bonnach. Chan eagal dhuinn.'

Agus ceart gu leòr sin mar a bhitheadh.

Bha taigh Iona Scott astar bhon rathad. B' fheudar dha an càr a pharcadh aig a' gheata mhòr, agus an uair sin coiseachd mu chairteal-a-mhìle suas am bruthach. Rachadh agad air faighinn thuige le 4x4, mar a bh' aice fhèin – seann Land Rover a bha air a bhith ro fhada sa bhoglaich, agus nach fhac' e gluasad air an rathad mhòr airson mìosan.

On a bha an taigh aice cùl cnuic, chan fhaiceadh tu e on rathad mhòr. Dh'fheumadh fios a bhith agad gun robh a leithid de dh'àite ann mus dìreadh tu suas an cnoc. Slighe corrach cuideachd, a' dol air d' fhiaradh gus nach sleamhnaicheadh tu. Caoraich is crodh air feadh an àite. Crodh Gàidhealach.

Cha robh fhios aige am faighnicheadh e dhi, no an innseadh i. 'S dòcha gum b' e sin fhèin an dòigh. Fhàgail aicese. Choinnich i ris aig an doras. Oir chitheadh i neach sam bith a' tighinn o astar. Uaireannan, rachadh i a-mach a choinneachadh riutha ceart gu leòr. A rèir cò bh' ann. Cha leigeadh am post leas tighinn, oir bha bogsa dha shìos taobh a' gheata. Uaireannan thadhaileadh Donaidh le poca de mhuirsgein-chaola no le giomach no dhà. Donaidh nan Clams. Agus Ailig an Insurance a' togail cìs mìosa. Oir ged a dh'fhaodadh i dèiligeadh ris a h-uile rud mar sin air an eadar-lìon, b' fheàrr leatha a dhèanamh gu pearsanta. Bha e a' cumail an rud ionadail, agus a' toirt cosnadh do chuideigin.

Bha an doras ìseal, agus le sin chrùb Murdo a-steach. Seòmar beag àlainn. Seann *v-lining*. Ballachan le pàipear uaine is dealbh an siud 's an seo. A seanair 's a seanmhairean. Uinneag bheag taobh an iar-thuath le sealladh snog a-mach dhan Chuan Shiar.

'Tì?' dh'fhaighnich i.

'Mas e do thoil e.' Cho annasach dha, an rud foirmeil a ràdh, mar gun robh e air ais anns an sgoil no rudeigin.

'Ge b' ailleabh. Mas e ur toil e. Am faod mi? 'Eil cead agam a' dhol dhan taigh-bheag?' Na duain modh a dh'ionnsaich e o Miss Crichton uair dhen t-saoghal.

'Tapadh leat,' thuirt e nuair a thàinig an teatha.

'Tha thu air an taigh a chumail mar a bha,' thuirt e.

'Tha. Cha robh adhbhar air a chaochladh. Bha Granaidh uamhasach dèidheil air a' phàipear seo leis na flùraichean. Tha e caran seann-fhasanta, ach thig fasan is falbhaidh gnàth.'

'Thig,' thuirt Murdo. 'Agus falbhaidh. Agus nach math gun do chùm thu an v-lining. Chan eil mi tuigsinn nan daoine a thilg am fiodh àlainn sin a-mach.'

'Bhiodh e grodadh,' thuirt i. 'Ged tha am fear seo cho math 's a bha e an latha a chaidh a chur ann.'

Bha iad sàmhach greis.

'Am faighnich mi na ceistean, no dìreach an inns' thu dhomh?' thuirt Murdo.

'Tha fhios gun fheàrr innse le toil na freagairt gun deòin.'

'Is fheàrr,' thuirt Murdo. 'Ged tha ceistean cuideachdail, oir uaireannan bidh sinn a' cleith na fìrinn bhuainn fhìn, gun fhiost'.'

'Ma dh'fheumas tu ma-thà, cuir ceist. Ach chan eil mi a' smaointinn gum bi feum sam bith agad.'

Agus dh'inns i an sgeul.

'Bha mi ann an duilgheadas. Agus cò nach eil? Nuair a thàinig mi seo bha chuile duine san t-saoghal a' ruith às mo dhèidh 'son airgead a bhuineadh dhaibh. Trì diofar bhancaichean. Sreath bhùithtean. A' chomhairle ann an Lunnainn airson cìsean-taigheadais. An HMRC.'

Bha deòir na sùilean. Cha robh fhios aig Murdo dè a

dhèanadh e. Thug e neapraig a-mach às a phòcaid agus thug e sin dhi. Bha fhios aige, a dh'aindeoin miann, gun cuidicheadh ceistean. Gum faodadh iad a bhith mar chlachan beaga a chumadh tioram thu a' dol tarsainn sruth. A' leum o thè gu tè.

'Suim mhòr?'

'Na mìltean. Na ceudan mhìltean. Bha mi air morgaids mhòr fhaighinn, agus airgead eile o na bancaichean 'son ghnìomhachasan a bha mi a' ruith aig an àm. Tour company a bhiodh a' toirt luchd-turais a-mach gu Stonehenge agus Salisbury agus suas gu Oxford is Cambridge. Nuair a dh'eug Granaidh is Grampa bha e na fhaochadh. Dh'fhàg iad an t-àite seo agam. Thug sin an cothrom dhomh teicheadh bho mo thrioblaidean, mar gum biodh.'

Chùm i a' dol às dèidh ùine.

'Ged a thuigeas tu fhèin nach eil neach sam bith a' fàgail a thrioblaidean às a dhèidh. Oir tha iad daonnan romhad. Ged a fhuair mi às leis airson greis. Cha do fhreagair mi litrichean 's cha robh fios aig cuid dhiubh cà' robh mi. Ach lorg iad mi. 'S dòcha gun tug thu fhèin taic is cobhair dhaibh, Constable?'

Chrath Murdo a cheann.

'Co-dhiù, dhèilig mi riutha cho math 's a b' urrainn dhomh. Delaying tactics. Oh, thuirt mi riutha – pàighidh mi an ath mhìos – 's nuair a thigeadh an ath mhìos, dh'fheumadh e bhith an ath mhìos a-rithist, ach mu dheireadh dh'fhòn mi tè as aithne dhomh a tha na neach-lagha agus chuidich ise mi. Thuirt i rium an gnìomhachas a bh' agam ann an ainm a bhriseadh – dhol banca-briste – agus mar sin nach biodh fiachan orm. Agus rinn i cùmhnantan suas ris na bùithtean agus cuid dhe na daoine eile, agus fhad 's a phàighinn beagan gach mìos bhithinn ceart gu leòr.'

Bha rudeigin nach robh i ag ràdh. Bha fhios aig Murdo air a sin, oir tha daonnan rudeigin beag air a chleith. An rud as duilghe. An rud sin a tha a' cur nàire oirnn. Chan dèan aon doras an gnothaich dhan deamhan, chanadh a sheanmhair.

'Ach chan ionann sin agus na daoin' eile,' thuirt i. Nuair a dh'iarras caraid cobhair chan eil a-màireach ann. Thug Murdo clach dhi 'son seasamh air.

'Na dallagan? Na dallagan-fhiachain?'

'Mas e sin a chanas tu riutha. 'S fheàrr leam faclan eile air an 'son. Mic Fhleasgaich, mar eisimpleir.'

'Tha iad a' dèanamh am beòshlaint fhèin,' thuirt Murdo. 'Gu laghail.'

''S iomadh rud a tha fon lagh a tha ceàrr,' thuirt i.

''S iomadh,' thuirt Murdo. 'Tha an fhìrinn agad an sin. Chan ionann an lagh madainn is feasgar. Agus an do phàigh thu dheth iad?'

'Phàigh. B' fheudar dhomh. Cha robh taghadh agam.'

'Agus sin carson…'

'Aidh. Sin carson a ghoid mi a' bhràiste. 'Son na balgairean sin a phàigheadh dheth. Fhaighinn air falbh bho mo shàilean. Bha iad a' bagairt an taigh seo… bha iad a bagairt Sam a chuir suas…"

'Sam?'

'Fear à Glaschu a bha ag obair dhaibh. Fhuair e fichead bliadhna aig a' cheann thall. 'Son gnothach eile anns an robh e sàs.'

'Ach bu chòir dhut a bhith air a thighinn gar faicinn. Dèiligeadh ris gu laghail.'
'Bha e seachad air a sin, Constable.'
'Chan eil càil seachad air an lagh.'
'Ach an èiginn. Agus an rud a tha mì-laghail.'
'A' ciallachadh?'
'A' ciallachadh nach e loan-sharks na h-àird-shràid ris an robh mise dèiligeadh.'
'Hmm.'
Nuair bhiodh Murdo fo iomagain dhèanadh e am fuaim sin.
'Hmm. Agus an do phàigh thu air ais iad uile?'
'Phàigh.'
''S eil iad air do sheachnadh on uair sin.'
'Tha. Ach a-mhàin mo chogais.'
'Nach math sin,' thuirt Murdo. 'Oir gun chogais cha bhiodh duin' againn beò.'
'Agus a' mhèirle fhein?' dh'fhaighnich e.
''S gann gum b' fhiach e. Ged a bha e furasta gu leòr. Oir bha mi a-riamh caran beannaichte a thaobh cuimhne. Cuimhne lèirsinneach co-dhiù. Chan eil agam ach rud fhaicinn aon turas agus bidh e agam. Thuirt dotair rium turas gum b' e comharra bha sin air autism, ach a chionn 's nach robh comharran sam bith eile agam gun dragh a ghabhail. Gabhail ris mar bhuannachd. Savant syndrome a thug e air. Co-dhiù, chunna mi Dolina a' glanadh na bràiste aon turas agus bha an rud agam. Agus leis an èiginn anns an robh mi shaoil leam gur e fuasgladh a bh' ann dhomh. Bha mi eadar a' chlach 's an sgrath. Smaoinich mi mu dheidhinn ùine mhòr. Tuigidh tu fhèin nach robh mi

cho gòrach agus dìreach falbh leis mar sin. Dh'obraich mi a-mach gum b' urrainn dhomh bràiste fhuadan a dhèanamh ro làimh, agus an uair sin aon oidhche snàmh a-mach dhan chaisteal san dorchadas, agus a' bhràiste fhuadan iomlaid leis an tè cheart ann am priobadh na sùla. Agus 's sin a rinn mi.'

'Ach gu mì-fhortanach gun robh mearachd air a' bhràiste fhuadain,' thuirt Murdo. 'Mhothaich mi sin. *Bas* chan e *Bàs*. Mhothaich mi sin on chiad latha agus chùm mi sùil a-mach on uair sin.'

Las Iona ciogaireat.

'Siuthad,' thuirt i ris. 'Las do phìob, Sherlock. Chan e taigh tha seo far am feum thu dhol a-mach 'son smoc fhaighinn.'

Ghabh iad anail, a' smocadh. Tha e nas fhasa dealachadh ri do chuid na ri do chleachdaidhean.

'Fhuair mi a-mach cò às a thàinig a' bhràiste fhuadan, agus cò rinn i,' thuirt Murdo.

''S beag a b' fhiach i,' thuirt Iona. '£30 a phàigh mi air a son.'

'Ach luach nam mìltean mòra mar iomlaid 'son na bràiste ceart.'

Rinn i gàire.

'Nach bu mhì an òinseach. Nach b' e MacNèill Bharraigh an t-amadan. Ma bha fhios aige?'

'A' ciallachadh?'

'A' ciallachadh gun robh a' chiad bhràiste a cheart cho fuadan ris an dara bràiste a chuir mise na h-àite. Cha robh innte ach 'Òr an Amadain' nuair a thàinig e gu aon 's gu dhà. Pìos meatailt bhuidhe gun fhiach a thug Mac 'ic Ailein do MhacNèill mar phàigheadh airson dà cheud saighdear a thug e dha 'son cogadh na h-Èireann. Phàigh na Barraich bhochda lem beatha air a' bhlàr 'son rud anns nach robh luach sam bith. Sin a' bhràiste phrìseil a tha air a bhith fo ghlas an seo thar nan linntean. Ach 's dòcha gun robh fhios aig MacNèill air a sin, oir fhuair e luach air choreigin às tro thurasachd thairis nam bliadhnachan mòra?'

'Ma-thà,' thuirt Murdo. 'Cha d' fhuair thu càil airson na bràiste ceart? Is mura d' fhuair ciamar a chaidh agad air airgead fhaighinn 'son nan loan-sharks sin a phàigheadh'

'Cha tuirt mi nach d' fhuair mi airgead air a son, Constable. Oir tha daonnan daoine ann a phàigheas fortan airson rud nach d' fhiach. Chaidh mi gu seudair ann an Lunnainn agus dhearbh esan nach robh anns a' bhràiste cheart ach iarann-pyrite anns nach robh luach sam bith. Ach air an làimh eile, thuirt e, dè th' ann an luach? Oir tha luach is luach ann. An rud a tha na bhuachar do dh'aon duine tha e na aol dhan duine eile.'

'Mar sin,' thuirt i, 'tha daonnan margaidh ann. Agus bha an seudair eòlach air gu leòr a dhaoine a phàigheadh na h-uiread 'son bràiste le eachdraidh. Oir 's e an eachdraidh a bha cunntais dhaibh agus chan e an t-òr. No an t-iarann. B' aithne dha fear anns an Fhraing a bha na Sheumasach fhathast agus a phàigheadh deagh phrìs airson a leithid. Agus fear eile ann an Astràilia a rinn fortan às na mèinnean thall an sin. Fear MacNèill a bhiodh a cheart cho coma an ann à òr no òtrach bhiodh a' bhràiste air a dèanamh fhad 's a bha i air a bhith ann an Ciosamuil, anns an sgìre às an deach a shìnnsearan fhuadach anns an naoidheamh linn deug. Agus – mar a bhiodh dùil – bha grunn Aimearaganach a bha deònach pàigheadh cuideachd. Agus dè an diofar dhuinne co-dhiù, Constabal Murdo, an e seann bhràiste fhuadan a bha fo ghlainne no bràiste ùr fhuadan? Sin an co-dhùnadh gun tàinig mi fhìn 's an seudair. Thug e dhomh £50,000 air a shon – dìreach airson na h-eachdraidh tuigidh tu – agus phàigh sin na siorcan. Cheannaich e mo bheatha air ais dhomh. Cha do chùm mi sgillinn ruadh dhen airgead. Mar sin, chan e gun do rinn mi buannachd sam bith às. Dìreach gun do chlìoraig e an t-òtrach anns an robh mi. Agus nach math dhomh bhith seo. Saor. Fallain. Chan eil mi a' cur dragh air neach sam bith. Dìreach mi fhìn agus an v-lining agus am pàipear-balla flùrach agus an sealladh sin air a' Chuan Siar. Nach reiceadh tu fhèin an saoghal airson sin, Constabal Murdo?'

Reiceadh. O, reiceadh, smaoinich Murdo. Nach e sin a tha gam fhàgail an seo. Am measg nan daoine ciatach seo. Nach do rinn cron air duine a-riamh, oir dè 'n cron a th' ann gu bheil Seonaidh Eairdsidh a' gabhail tè mhòr an-dràsta 's a-rithist. A' coiseachd sìos an rathad air a dhubh-dhalladh 's a' seinn 'Tioram air Tìr'. No na balaich òga sin le an toitean – dè eile bha ri dhèanamh air latha fliuch geamhraidh is Force 9 a' tighinn a-steach bho Malin Head.

'O, gu leòr ri dhèanamh,' chluinneadh e a sheanair ag ràdh. 'An àite bhith nad shuidh' an sin a Mhurchaidh. A' mhòine ri toirt dhachaigh, agus an robh thu aig an tobar fhathast an-diugh?'

Ach dh'fhalbh na làithean sin. O dh'fhalbh, agus

chan eil mise a' dol a chur coire sam bith air na daoine òga sin a tha beò ann an saoghal ùr. Nach eil iad a cheart cho airidh air taic is cosnadh 's a bha sinne an àite càineadh is breitheanas. Agus thàinig e a-steach air gum b' e sin a bu chòir dha dhèanamh. An còrr dhe bheatha a chur seachad an seo a' cuideachadh nan daoine òga sin. 'S fhad' on a bu chòir dha bhith air Club Òigridh a thòiseachadh. Far an ionnsaicheadh iad rudan a dhèanadh feum dhaibh. Rudan spòrsail. Snàmh is ruith is marcachd is iomain is eile. Agus thàinig plana thuige.

"Eil càil ri ithe san taigh seo?' thuirt e ri Iona Scott. 'No an tig mi sìos dhan bhùth a dh'fhaighinn rudeigin?'

Dhùisg Ms Scott mar à leth-bhruadair.

'Duilich. Bha mi cho iomagaineach mu dheidhinn chùisean nach tàinig a leithid a-steach orm. Tha brot sa phoit nam bu toigh leat a leithid. A rinn mi an-dè. Lentil is càl.'

'Cha b' urrainn na b' fheàrr,' thuirt Murdo. 'Biadh na Fèinne.'

Sheat Iona am bòrd. Tubhailte ghrinn gheal agus truinnsearan gorma.

'Bha Granaidh cho dèidheil air Doulton,' thuirt i. 'Chùm i na truinnsearan slàn on latha a phòs i.'

Bha am brot cho math 's a ghabhas, le aran Innseanach. Agus bha fiù 's pudding ann. Paidh rùbrab le custard. Bha Murdo a' faireachdainn caran cadalach às dèidh a dhinneir, ach las e a' phìob 'son spionnadh a thoirt dha fhèin.

'Am biodh tu dèonach,' thuirt e ri Ms Scott,

'a' bhràiste a lorg 'son duais?'

'Nam biodh fhios a'm cà' robh i.'

'Tha i anns a' phreasa agamsa,' thuirt Murdo. 'Ach cha leig i leas fuireach an sin. Dh'fhaodadh i bhith an àiteigin eile. Air cùl creig air an tràigh, mar eisimpleir. No letheach-slighe shuas Hèabhal. No fo sheann chliabh air a' chidhe. Agus can nam biodh duais air a thairgsinn dhan neach a gheibheadh lorg air, saoil nach b' urrainn dhan duais sin an uair sin a bhith air a cleachdadh 'son math an t-sluaigh? Can airson òigridh an eilein?'

'Agus cò às a thigeadh an duais seo?'

'Às mo sporan-sa. Dè feum a th' agamsa air a' chlabag bhig a th' agam sa bhanca? Chan e gu bheil bean no teaghlach no clann agam. Gu leòr agam a chumas beò mi.'

'Carson nach toir thu an t-airgead sin dìreach seachad ma-thà dhan òigridh an àite an rigmarole a tha seo a dhèanamh dheth?'

'Dìreach gum faigh e mi fhìn a-mach à beagan de staing cuideachd. 'S dòcha nach biodh e ro iomchaidh do dhaoine faighinn a-mach gur e Constabal Murdo a ghoid a' bhràiste? Ged a rinn mi e 'son nan adhbharan a b' fhearr – 'son faicinn cò ghabhadh dragh mun chùis, gun robh a' mhèirle air tachairt a-rithist. Agus ghabh. Ghabh thusa. Chùm mi sùil air gach neach a bha fo amharas agam, agus b' e thu fhèin, Ms Scott, a bu mhotha ghabh dragh. Chithinn e nad shùilean, nad ghluasadan – gun robh thu smaoineachadh carson air thalamh a chaidh a' bhràiste fhuadan a ghoid a-rithist, agus cò ghoid i? It takes a thief to catch a thief, eh?'

'Fair cop, eh? An e sin a bu chòir dhomh ràdh, Constable MacDonald?'

'Rudeigin mar sin.'

'Agus carson nach innsinn ort?'

'It takes two to tango, Miss Scott. Nach eil an dithis againn air an cleas a chluich 's air call?'

'No air gleidheadh?'

CAIBIDEIL 20

An Duais

BHEIR RUDAN ÙINE. Chan urrainn dhut a bhith ann an cabhaig. Oir mar as motha a' chabhaig 's ann as miosa an obair. Bha fhios aig air a sin. Nach robh fear ann turas a bha airson pìobaireachd ionnsachadh. Chaidh e a dh'fhaicinn MhicCruimein.

'Dè cho fad 's a bheir e dhomh ceòl mòr a chluich coltach riutsa?' dh'fhaighnich e.

'O, mu dheich bliadhna,' fhreagair MacCruimein.

'Ach tha mi ag iarraidh dhèanamh nas luaithe na sin,' thuirt an duine. 'Obraichidh mi gu cruaidh. Cluichidh mi a h-uile latha, deich uairean gach latha agus barrachd ma dh'fheumas mi. Dè cho fad 's a bheir e an uair sin?'

Smaoinich MacCruimein 'son greis.

'Fichead bliadhna,' fhreagair e.

Dh'fhuirich Murdo greis. Dh'fhòn e gu DI MacGregor.

'Seadh?' thuirt esan.

'The dùil a'm,' arsa Murdo, 'sanas a sgaoileadh. Duais a thairgsinn do neach sam bith a chunnaic sealladh air no a lorgas a' bhràiste a chaidh a ghoid.'

'Nach eil i agad fhèin?' thuirt an Griogalach.

'Sanas airson na tè cheart,' thuirt Murdo. 'Cò aig tha fios…'

'O, dèan do thoil, MacDonald,' thuirt an DI.

Agus sin a rinn Murdo. Chuir e seachad làithean a' cruthachadh agus a' dealbhachadh an t-sanais. An toiseach chleachd e peansail, ach shaoil e gun robh sin ro neo-fhoirmeil. Bha crayonan ro leanabaidh? Lethbhreac on choimpiutair ro fhuar. Chuimhnich e nach do thilg e an seann typewriter a-mach a-riamh. Dhèanadh sin a' chùis glan. Seann-fhasanta ach foirmeil. Soilleir ach caran pearsanta. Agus thaidhp e a-steach REWARD ann am faclan mòra dubha. Bha an t-suim doirbh. £1,000, smaoinich e. Bhiodh sin iomchaidh. Ged a bha barrachd aige. £5,000. £10,000 fiù 's. Ach bhiodh suim mar sin ro mhòrchuiseach. Thogadh daoine ceistean – cò chuir an duais suas? An e MacNèill fhèin? Dè luach a bh' anns a' bhràiste co-dhiù? Na b' fheàrr suim grinn cruinn mar £1,000. Agus bhiodh sin na dheagh thoiseach-tòiseachaidh 'son a' Chlub Òigridh co-dhiù. Oir b' e am prionnsapal a bu chudromaiche. Aon uair 's gun tòisicheadh an rud chuireadh daoine gu leòr taic ris. Cha robh aon teagamh aige mun a sin.

Bu chòir dha an duais a chur às dèidh an fhacail REWARD. Oir gheibheadh sin aire dhaoine. Mar sin sgrìobh e – REWARD – £1,000 *offered for any information leading to the return of the MacNeil Brooch*. 'S dòcha, shaoil e, gum bu chòir duais a bharrachd a bhith air a thairgsinn chan ann dìreach airson *fiosrachadh* ach gu neach sam bith a gheibheadh lorg air a' bhràiste fhèin. Le sin, dh'atharraich e an sanas. *REWARD – £1,000 offered for any information leading to the return of the MacNeil Brooch. REWARD DOUBLED TO £2,000 if the stolen brooch found by ANYONE.*

Dhèanadh sin a' chùis. Dhèanadh, all right.

Ach mus do sgaoil e an sanas chaidh e sìos chun a' chladaich agus chàraich e a' bhràiste fo chloich. Clach fhaochagach nach robh eadar-dhealaichte ann an dòigh sam bith o na mìltean de chlachan eile bha timcheall. Ach gun robh slige de ghloinne uaine na laighe slat an ear dhi. Dh'innseadh e sin do Ms Scott.

Chuir e an sanas suas anns na bùithtean agus air feadh na sgìre. Thog e aire dhaoine gun teagamh, ged nach robh mòran dòchais aca gun dèanadh e diofar.

'Hud, bidh an rud sin thall an New York a-nis,' thuirt Flòraidh Bheag, le làn fhios gun robh eucoir daonnan a' tachairt taobh thall a' chuain. Nach e sin a bha an telebhisean fhèin a' dearbhadh gach latha?

Agus chòrd an sanas ri Seonaidh Eàirdsidh, a shòbraich suas ann an dòchas. Na dhèanadh e le £1,000. No le £2,000. 'Hai-ho-hairum, chunna mise raoir thu dìreadh na staidhr' anns an Royal', sheinn e air a shlighe dhachaigh. Oir bha e air a bhith turas ann an Steòrnabhagh agus chòrd e ris glan. Chaidh e suas air an itealan feasgar Diardaoin còmhla ri mhàthair nach maireann oir bha appointment aice san ospadal. Cho àlainn agus a bha na h-eileanan gu lèir o na speuran, mar chonair-mhoire de dh'eileanan air an ceangal le uisge. Bha oidhche mhòr aige san Royal. Ach ged a choimhead Seonaidh Eàirdsidh far am b' urrainn dha, chan fhac' e sealladh air bràiste sam bith. Dè an diofar, smaoinich e, cha dèanainn ach an t-airgead a chosg co-dhiù. 'Chosg mi de dh'airgead aig cunntair a' bhàr na cheannaicheadh trì taighean-òsta', sheinn e.

Dh'fhòn Murdo gu Iona Scott. Shaoil e gum biodh sin na bu shàbhailte. Cha dèanadh e chùis a bhith air fhaicinn dà thuras shuas aig an taigh aice, agus an uair sin ise lorg ghnothaichean às dèidh làimhe. Turchartas ann no às, chuireadh daoine dhà ri dhà agus dhèanadh iad ceithir. Agus tha fhios nach robh am fòn aice fo fharchluais.

'Halò,' thuirt e. 'Chunnaic thu an sanas?'

'Chunnaic,' thuirt ise.

'Tha fhios agad far a bheil an t-seann tanca-uisge? Os cionn a' chladaich.'

'Tha.'

'Well, ma choisicheas tu sìos bhon a sin. Leth-cheud slat. An uair sin deich slatan an iar. Taobh thall an t-sruith, far a bheil na clachan. Tha slige de ghlainne uaine an sin. Tha an rud slat an iar air sin, fo chloich.'

Annasach mar a dh'fheumadh tu 'rud' a thoirt air rud, air eagal 's gun toireadh tu droch fhortan ort fhèin. Cha b' urrainn dhut cuid a rudan ainmeachadh, ach aig an aon àm dh'fheumadh tu ainm a thoirt dhan h-uile rud. Gu h-àraid na gnothaichean sin nach tuigeadh tu, no bha dìomhair. Nach e sin dh'adhbhraich gur e 'na daoine beaga' a bhiodh a' dèanamh cron is math anns na seann-làithean? An t-each-uisge is an ùruisg agus am bòcan, a bhiodh anns a' phrìosan anns an latha a th' ann. Ged a b' fheàrr cuid a rudan fhàgail dìomhair, gun teagamh, smaoinich Murdo. Oir dhèanadh fuasgladh no mìneachadh barrrachd cron na feum.

Seall fhèin an rud sin a thachair do phiuthar a mhàthar nuair a bha i ag obair an Glaschu. I coiseachd dhachaigh gu deas air oidhche dhorcha Sàbaid às dèidh na seirbheis nuair a thàinig fear a-mach à clobhsa a choiseachd ri taobh fad an rathaid. Cha robh eagal sam bith oirre, agus cha tuirt an duine guth agus cha tuirt ise guth ris-san gun an do ràinig i an cabhsair far an robh i fuireach 's a thuirt e rithe,

'Sin thu sàbhailt,' a-nis. Slàn leat,' mus deach e às an t-sealladh. Agus chaidh i a-steach agus leugh i mar a choisich an Slànaighear fhèin còmhla ris an dithis a bha dol gu Emàus. Gabh ri rudan mar a tha iad, smaoinich Murdo. Ma tha a' ghrian a' deàrrsadh, tha i deàrrsadh. Ma tha i a' sileadh, tha i a' sileadh. Cha do rinn an Cruthaighear aon nì dona riamh.

Lorg Iona Scott a' bhràiste fon chloich, agus thug i sin suas gu stèisean a' phoilis, far an do chlàr Murdo an gnothach gu foirmeil. Dh'fhaighnich e dhith càit an d' fhuair i i agus cuin, agus sgrìobh e am fiosrachadh sin sìos gu mionaideach air na bileagan oifigeil a bh' aige san oifis. Fo chloich air an tràigh aig 14.10pm air 25mh latha dhen Lùnastal. Thog e dealbh dhen bhràiste agus dhràibh iad sìos chun a' chladaich far an do sheall Iona dha an dearbh àite anns an do lorg i a' bhràiste. Thog Murdo dealbh dhen chloich agus dhen àite timcheall, chuir e a mhiotagan air agus thuirt e, 'Feumaidh mi cuid dhe na clachan seo a thoirt air ais airson rannsachadh forensic. Bidh làraich-meòirean orra.'

'An fheadhainn agamsa.'

'Na gabh dragh mun sin,' thuirt Murdo. 'Bhiodh sin mar a bhiodh dùil. Oir nach do thog thu a' chlach, agus nach do làimhsich thu i? Ach 's dòcha gum faighnich cuideigin ciamar a thachair gun do thog thu a' chlach seo air an tràigh?'

'Bha mi cruinneachadh shligean,' thuirt i. 'Gu tric feumaidh tu clach a thionndadh airson nan sligean as fheàrr a lorg.'

'Gun teagamh,' thuirt Murdo. 'Gun teagamh.'

Bha latha mòr ann nuair a chaidh an duais a thoirt seachad. Oir rinn Murdo latha dùblaichte dheth. Bha e 'n aois. Aois a dhreuchd a leigeil dheth, agus bha e air fios mìos a chur a-steach ro làimh. Mar sin rinn iad an dà rud còmhla. Fhuair Murdo seic airson £2,000 agus thug e sin seachad gu Iona Scott taobh muigh oifis a' phoilis anns a' mhadainn. Thàinig na pàipearan-naidheachd uile le an camarathan. Guth Bharraigh agus Am Pàipear agus An Gaiseat agus Tìm an Òbain agus Pàipear Beag an Eilein Sgitheanaich. Thàinig Shona a-nall à Uibhist agus nochd iad air an telebhisean an oidhche sin fhèin. Cho luath 's a bha an saoghal a' gluasad a-nis.

Rinn PC Murdo òraid bheag a' toirt taing dhan choimhearsnachd gu lèir 'son a bhith cho laghach agus cho taiceil dha thairis nam bliadhnachan.

'Tha mi cinnteach,' thuirt e, 'gum bi cuid agaibh a' faighneachd dè nì mi rium fhìn a-nis. "Tha fhios gun till e dhachaigh", canaidh cuid. Well, seo mo naidheachd a chàirdean, coltach ri Bonnie Prince Charlie fhèin, seo mi. 'S e Barraigh mo dhachaigh.'

Agus rinn Ms Scott òraid a bha a cheart cho taitneach. Thog i an t-seic airson £2,000 agus thuirt i, 'Chan ann dhòmhsa a tha an duais seo, ach dhuinn uile. Tha fhios nach eil duin' againn an seo an-diugh nach eil taingeil airson a bhith beò far a bheil sinn, aig an àm a tha seo. Agus nach bu chòir dhuinn sin a dhìon agus fhàs? Tha fhios a'm nach eil an seo ach rud beag ann an seagh ach tha mi airson an duais seo a thoirt seachad dhan Chlub Òigridh airson togail cridhe a thoirt dhaibhsan. Cleachdadh iad e ann an dòigh sam bith a tha iomchaidh.'

Agus bha ceìlidh mòr ann an oidhche sin. Ann an Talla Bhatarsaigh. Sheinn a h-uile duine agus dhanns iad agus dh'ith iad aig leth-ùine agus dh'òl iad an-dràsta 's a-rithist. Sheinn Dolina 'Òganaich an Òr Fhuilt Bhuidhe' cho math 's gum fac' a h-uile duin' e tighinn a-steach dhan talla agus a' dannsa timcheall leatha 'son an waltz mu dheireadh. Sheinn Mìcheal Iain 'Gruagach Òg an Fhuilt Bhàin', agus thug Dr Lucy leatha an giotàr agus sheinn i òran às na h-Apallachians. Nochd Sergio agus ghabh e iasad dhen ghiotàr aig Dr Lucy agus chluich e flamenco a thug air cailleachan Bhàgh a' Chaisteil na castanets a thoirt a-mach às na bagaichean-làimhe aca agus dannsa timcheall an talla leotha. Thàinig Ailig Iain le maileòidean beag agus chluich e sreathan de dh'òrain Sgitheanach a thug deòir gu na sùilean. Hò bhan 's na hò bhan ò, 's mìlse leam mo Mhòrag.

Agus sheinn Murdo fhèin ann an guth *bass profundo* a thug crith air ballachan Caisteil Chiosamuil tarsainn na mara. Sheinn e 'An Ataireachd Àrd' agus an uair sin dh'iarr e air Mìcheal Iain tighinn a-nuas agus òran a thoirt dhan h-uile duine a' guidhe slàn do Phavel, nach robh còmhla riutha a-nochd. Agus sheinn iad uile ann an co-sheirm nach robh buileach ceart, 'Nach smaoinich sibh gur mi bha tinn, 's mo chridhe sgìth fo lèon...'

O, agus thachair rud beag eile às dèidh làimh a thug tuilleadh togail dhan àite cuideachd. Bho na bha e saor o dhreuchd a-nis, dh'fhaodadh Murdo tadhal air duine sam bith gun amharas, no gun daoine togail cheistean dè bha am poileas a' dèanamh aig an taigh ud, no aig an taigh ud eile.

Agus, mar a thachair, fhuair e e fhèin a' tadhal na bu trice air Iona Scott. Chuir e an càr bhuaithe agus cheannaich e rothair ùr dha fhèin. Fear le inneal beag dealanach air a' chuibhle chùil a thogadh suas gach beinn is cnoc e gun strì. Agus na shuidh an sin còmhla ri Iona aon latha thàinig an gnothach thuca.

'Sherlock!' thuirt Murdo. 'Sin e!'

'Sin dè?' thuirt Iona.

'An rud a nì sinn. Còmhla.'

Agus sheas e suas air a beulaibh.

'Sherlock Tours! Cuiridh sinn dìomhaireachdan air dòigh air an eilean, agus pàighidh daoine 'son tighinn an seo airson na deireadh-sheachdain feuch am fuasgail iad an dìomhaireachd. Faodaidh iad tighinn air an aiseag no air an itealan Diardaoin agus falbh Diluain, agus bhiodh Dihaoine agus Disathairne aca airson an dìomhaireachd obrachadh a-mach! Murt – mas fhìor – fhuasgladh, no rudeigin a chaidh a ghoid a lorg...'

'Murdo's Mysteries?' thuirt Iona.
'Tha gu leòr dhiubh sin ann, ceart gu leòr,' thuirt e. 'Oir an tuirt mi a-riamh riut…?'
'Sshhh,' thuirt i. 'Trobhad an seo.'

Buidheachas

Taing do Chomhairle nan Leabhraichean airson a' bharantais a thug cothrom dhomh an leabhar seo a sgrìobhadh. Do Johan Nic a' Ghobhainn a chuidich leis an litreachadh agus a thug misneachd dhomh, a bharrachd air comhairle mu dhualchainnt Leòdhais – ma-thà tha mi 'n dùil, mar a chanadh Murdo fhèin! Do Lisa Storey, John Storey agus Gillebrìde Mac 'IlleMhaoil a chuidich a thaobh litreachadh agus cainnt, is cruinn-eòlas Bharraigh. Do Jennie Renton, Gabhan MacDhùghaill, Joe Sanders agus an sgioba aig Luath airson an taic. Do Chailean MacIlleathain airson an deilbh de Chaisteal Chiosamuil air a' chòmhdach-cùil, agus gu sònraichte do Liondsaidh Chaimbeul airson Constabal Murdo a dhealbh gu h-ealanta air druim agus aghaidh an leabhair.

Luath foillsichearan earranta

le rùn leabhraichean as d' fhiach a leughadh fhoillseachadh

Thog na foillsichearan Luath an t-ainm aca o Raibeart Burns, aig an robh cuilean beag dom b' ainm Luath. Aig banais, thachair gun do thuit Jean Armour tarsainn a' chuilein bhig, agus thug sin adhbhar do Raibeart bruidhinn ris a' bhoireannach a phòs e an ceann ùine. Nach iomadh doras a tha steach do ghaol! Bha Burns fhèin mothachail gum b' e Luath cuideachd an t-ainm a bh' air a' chù aig Cú Chulainn anns na dàin aig Oisean. Chaidh Luath a stèidheachadh an toiseach ann an 1981 ann an sgìre Bhurns, agus tha iad a-nis stèidhichte air a' Mhìle Rìoghail an Dùn Èideann, beagan shlatan shuas on togalach far an do dh'fhuirich Burns a' chiad turas a thàinig e dhan bhaile mhòr. Tha Luath a' foillseachadh leabhraichean a tha ùidheil, tarraingeach agus tlachdmhor. Tha na leabhraichean againn anns a' mhòr-chuid dhe na bùitean am Breatann, na Stàitean Aonaichte, Canada, Astràilia, Sealan Nuadh, agus tron Roinn Eòrpa – 's mur a bheil iad aca air na sgeilpichean thèid aca an òrdachadh dhut. Airson leabhraichean fhaighinn dìreach bhuainn fhìn, cuiribh seic, òrdugh-puist, òrdugh-airgid eadar-nàiseanta no fiosrachadh cairt-creideis (àireamh, seòladh, ceann-latha) thugainn aig an t-seòladh gu h-ìseal. Feuch gun cuir sibh a' chosgais 'son postachd is cèiseachd mar a leanas: An Rìoghachd Aonaichte – £1.00 gach seòladh; postachd àbhaisteach a-null thairis – £2.50 gach seòladh; postachd adhair a-null thairis – £3.50 'son a' chiad leabhair gu gach seòladh agus £1.00 airson gach leabhair a bharrachd chun an aon seòlaidh. Mas e gibht a tha sibh a' toirt seachad bidh sinn glè thoilichte ur cairt no ur teachdaireachd a chur cuide ris an leabhar an-asgaidh.

Luath foillsichearan earranta
543/2 Barraid a' Chaisteil
Am Mìle Rìoghail
Dùn Èideann EH1 2ND
Alba
Fòn: +44 (0)131 225 4326 (24 uair)
sales@luath.co.uk
www.luath.co.uk